春間美幸
イラスト／長浜めぐみ

Revenir ルヴニール

アンドロイドの歌

小学館

ルヴニール

アンドロイドの歌

春間美幸

もくじ

1 たいくつな春休み …… 4
2 スズメとの出会い …… 22
3 歌が得意《とくい》なロボット …… 48
4 二人で過《す》ごす日々 …… 65
5 カムバック・カナリア …… 84
6 逃《に》げろ、ヒヨコ！ …… 102
7 いっしょに歌いたい …… 130
8 ルヴニール …… 153

登場人物紹介《しょうかい》

ヒヨコ（日和子《ひよこ》）

いつも元気で、歌うのが大好き。オンチなのが悩《なや》み。

ライニイ（雷《らい》）

ヒヨコのお兄ちゃん。中学受験に向けて、猛《もう》勉強中。

スズメ

ごみの山にうまっていたロボット。記憶《きおく》を失っている。

ヒヨコのパパ

大のきれい好き。掃除《そうじ》が趣味《しゅみ》。清掃会社《せいそうがいしゃ》に勤《つと》めている。

ヒヨコのママ

機械に弱く、ちょっとあわてんぼ。キラリ社長の大ファン。

キラリ社長（吉良利光《きらとしみつ》）

パパが勤《つと》める清掃会社《せいそうがいしゃ》の社長。テレビに出ている有名人。

1　たいくつな春休み

カーテンのすき間から差しこむ、うららかな春の日差し。暖《あたた》かいベッドの中でまどろむのって、気持ちいい。しかも、起きる時間を気にしなくていいなんて、最高に幸せ。いつまでもこうしていたい……のに、

「こらあ、起きろー！」

メガネをかけたカミナリ様が、あたしをたたき起こしに来る。

「いつまで寝《ね》てんだ、バカヒヨ」

って、この口うるさいカミナリ様は、ライニイ。あたしとは年子《としご》のお兄ちゃん。五年生とは思えないくらい、しっかり者。ライニイは「雷雨《らいう》」の日に生まれたから「雷《らい》」って名

前。その名のとおり、いつもガミガミ、カミナリを落としてばかりいる。

ちなみにあたしは小さいころ、ライニイのことを「ライお兄ちゃん」って呼《よ》んでたんだけど、いつのまにか「お」と「ちゃん」が消えて、「ライニイ」になっていた。

「うるさいなあ。せっかくの春休みなんだから、ゆっくり寝《ね》かせてよう」

あたしはかけぶとんを頭までかぶった。けれどすぐに、引っぺがされてしまう。

「休みは、不規則《ふきそく》な生活をするためにあるんじゃない。ちゃんとふだんどおり生活しろっ」

えらそうに言うだけあって、ライニイはすでにトレーナーとジーパンに着がえ済《ず》み。短く刈《か》った髪《かみ》はピンと立って整ってるし、メガネのレンズは曇《くも》り一つなくみがいてある。

「やだあ。ふとん返してえ」

「だめだ。もういいかげんあきらめろ」

いくらごねても最後は結局、ライニイに腕《うで》を引《ひ》っ張《ぱ》られてベッドから引きずり下ろされ、起きるハメになる。あたしはピンクのパジャマを着たまま、セミロングの髪《かみ》は寝《ね》ぐせでぼさぼさのままで、部屋を出てライニイと並《なら》んで廊下《ろうか》を歩く。

「ふあー、眠《ねむ》い。なんで無理やり起こすの。起きたってどうせやることなくて、ひまなんだよ、あたし」

「ひまなら家の手伝いでもしろよ、バカヒヨ。家中でひまなのはバカヒヨだけなんだから」

「バカヒヨ、バカヒヨって言わないで。あたしの名前は、ヒ、ヨ、コ！」

「だから『バカなヒヨコ』で『バカヒヨ』って呼《よ》んでるんだろ」

「バカは余計《よけい》なのっ」

言い争いながらリビングへ入っていく。うちのキッチンは、リビングとつながってる、いわゆる「リビングダイニングキッチン（ＬＤＫ《エルディーケー》）」ってやつ。だから、リビングのテレビに映《うつ》る朝のワイドショー番組と、キッチンで流しに立つママが、同時に目に入った。

「おはよう、二人とも。なに、朝からけんかしてるの？」

ママが朝ごはんの支度《したく》をしながら、聞いてきた。

「けんかなんかしてないよ。な、ヒヨコ？」

ライニイがねこなで声で答え、すました顔でダイニングテーブルの席に着く。

なんて切《き》り替《か》えの早さ。すぐに「バカヒヨ」を引っこめて「な、ヒヨコ？」だって。ママの前だからって、いい子ぶって。

「うん、うん。してない、してない」

逆《さか》らうのもめんどうなので、適当《てきとう》にあいづちを打って、あたしはライニイの向かいに座《すわ》った。食パンを手に取り、ジャムをぬり始めても、まだ眠気《ねむけ》がさめない。がまんしても、あくびが出ちゃう。

「ふわあぁー、ねっむう」

「バカヒヨじゃなくて、バカバコだな」

ライニイがボソッとつぶやいたのを、あたしは聞《き》き逃《のが》さない。

「バカバコ？　なにそれ」

「『バカなカバコ』で『バカバコ』だよ。おまえ、カバコに改名したほうがいいぜ。おまえの大あくび、カバにそっくりだもん。ピヨピヨ鳴くかわいいヒヨコには、ほど遠いってもんだ」

んもう、ライニイってば。鳥の「ヒヨコ」は、あたしの名前には関係ないのに……まあでも、家族も友だちもみんな、鳥の「ヒヨコ」のアクセントで、あたしを呼《よ》ぶんだけど。

あたしの名前は漢字で書くと「日和子」だ。「日和《ひより》」には「晴れたよい天気」という意味がある。「晴れたよい天気の日に生まれた子」だから、日和子《ひよこ》——と名付けてくれたのは、パパだそうだ。

「あのねえ、あたしの名前は……」

いい返そうとしたら、「鳥じゃなくて天気だろ」とライニイにさえぎられた。

「知ってるよ、それくらい。うちはきょうだいそろって、生まれた日の天気が、名前の由来になってるんだから。パパがもう少しひねって、名前を付けてくれりゃあよかったのにな」

と、そのとき、不満げなライニイの声とは正反対の明るい声が、テレビから聞こえてきた。

「さてここで、全国各地の行楽地のもようをお届《とど》けしましょう」

女性《じょせい》アナウンサーが笑顔《えがお》で言い、テレビ画面には遊園地の行列風景や公園のお花見風景などが次々と映《うつ》し出《だ》された。そこにいる、楽しそうな家族連れの姿《すがた》も。

「いいなあ。あたしの友だちもみんな、家族で旅行とか行ってるんだよ」

ぶつくさ言うあたしを、ライニイがこわい顔でにらみつけてくる。

にらまれなくても、ちゃんとわかってますよ。パパもママも、毎年この時期は仕事が大変だから、春休みはどこへも連れていってもらえないってこと。

ママはデパートの衣料品売り場で働いている。進学や就職《しゅうしょく》のシーズンでお客が増《ふ》えて、とっても忙《いそが》しい。で、パパの仕事は……あれ、そう言えばパパがいない。

と思ったら、リビングのドアが開き、パパが入ってきた。

「おはよー。いやあ、すっきりしたよ」

ジャージの袖《そで》で、額《ひたい》の汗《あせ》をぬぐいながら、にこにこしている。

「やあね、パパ。服で汗《あせ》ふかないで。ほら、これ使って」

ママがタオルを手わたす。この二人が並《なら》んでるのを見ると、あたしはいつも、童謡《どうよう》の『森のくまさん』を思い出す。大柄《おおがら》でのんびり屋なパパが、くまさん。細身であわてんぼなママが、おじょうさん。

「なに、パパ。もしかしてずっとトイレにこもってたの？」

あたしはてっきりそう思いこんだ。パパが汗《あせ》だくで「すっきりした」なんて言うものだから。

「バカヒヨ。今日は可燃《かねん》ごみの日だろうが」

ライニイにつっこまれ、納得《なっとく》。

「あ、そっか。掃除《そうじ》してきたんだね？」

週二回の可燃《かねん》ごみ収集日《しゅうしゅうび》に、パパは軍手をつけ、ほうきとちりとりを持って、ごみの集積場所へ向かう。だれに頼《たの》まれたわけでもなく、自らすすんで掃除《そうじ》をするために。

「うん。今日もカラスがごみを荒《あ》らして、激《はげ》しく散らかってたよ。よく見たら、カラスよけのネットに穴《あな》が開いちゃってたんだよな。あれって町内会長さんに言えば、買いかえてもらえるのかなあ」

「それよりも、ごみ集積所の掃除《そうじ》を当番制《とうばんせい》にしてくださいって言ったら？　パパ一人でやることないじゃない」

ママがいつもどおりアドバイスをした。パパもいつもどおり「いいんだ」と首をふる。

「自分が好きでやってるんだから。きれいに掃除《そうじ》すると、気持ちいいぞお」

「パパったら、よくあきないね。この後、仕事でも掃除《そうじ》するっていうのに」

あきれてあたしが言ったとき、タイミングよく、テレビのワイドショー番組がＣＭ《シーエム》に入り、ノリのいい歌が流れてきた。

♪お掃除《そうじ》大好き　キラリひかる
♪どんな場所でも　きれいにします
♪キラリキラリ　キラリひかる

一度聴《き》いたら忘《わす》れられないこの曲は、「株式会社《かぶしきがいしゃ》 キラリひかる」のCM《シーエム》ソング。そしてこの「キラリひかる」こそが、パパが勤《つと》める清掃会社《せいそうがいしゃ》。あたしの家から車で三十分くらいの場所に、「キラリひかる」の本社ビルがある。大のきれい好きで掃除《そうじ》が趣味《しゅみ》のパパは、訪問清掃《ほうもんせいそう》サービスの仕事をしている。自分の家をきれいにするだけじゃあき足らず、見知らぬ人の家まで掃除《そうじ》しちゃってるわけ。

「きゃあ、キラリ社長!」

とつじょ、ママが黄色い声を上げ、リビングにかけこんだ。今この瞬間《しゅんかん》、うちのママだけじゃなく、日本全国の主婦《しゅふ》が同じようにテレビに飛びついたんだろうな。

テレビ画面には、むらさき色のラメ入りスーツを着て、さわやかな声でCM《シーエム》ソングを歌い、おどる男の人が映《うつ》っている。このドハデな人がなんと、「キラリひかる」の社長さん。通称《つうしょう》、キラリ社長。本名は、吉良利光《きらとしみつ》。名字が「きら」で、名前が「としみつ」なんだけど、「吉良利」と「光」で区切って読み、会社の名前を「キラリひかる」にしたらしい。

そういうわけで、社長自身のことも「キラリ社長」と、みんなが呼《よ》ぶ……って、全部パパに教えてもらったことだけどね。

このキラリ社長が、主婦《しゅふ》の間で大ブレイク。CM《シーエム》ソングのCD《シーディー》を出したら飛ぶように売れ、音楽配信《はいしん》サイトでも売り上げランキング一位を獲得《かくとく》したんだって。

「美しいあなたにふさわしいのは、美しいお部屋。さあ今すぐ、キラリひかるにお電話ください。ぼくらはすぐにかけつけます。あなたのためならどこへでも！」

キラリ社長のキザったらしいセリフで、三十秒のロングバージョンCM《シーエム》はしめくくられた。ちなみにこのセリフのとき、キラリ社長の白い歯が、その名のとおりキラリと光った。

「このCM《シーエム》のおかげで、清掃《せいそう》サービス申しこみの電話が殺到《さっとう》してるらしい。じゃなくても春は新生活の時期で、パパたち社員は大忙《おおいそが》しなのにさ」

パパが肩《かた》をすくめて笑った。

「そりゃあ、キラリ社長に『かけつけます』なんて言われたら、申しこまないわけにはいかないわよお」

のろけ声を上げるママを横目に、あたしはパパにたずねた。

「でもまさか社長本人が掃除《そうじ》しに来てくれるわけじゃないんでしょ？」

「そりゃそうさ。行くのは、パパみたいなおじさんたちだよ」

「キラリ社長だって、おじさんじゃん。何歳《さい》だっけ、この人」

とライニイが言い、パパが「三十五歳《さい》だよ」と答える。

三十五歳《さい》……と聞かされると、確《たし》かにちょっとおじさんっぽい気がしちゃう。キラリ社長はイケメンだし、声も悪くはないけど、なんとなく古くさい感じがする。

「キラリひかる」のCM《シーエム》ソングも、テレビの特番でよくやる『なつかしのヒットソング』とかに出てくる曲みたいだし。

「なにか、昔の芸能人《げいのうじん》っぽいよね」

「だよな。衣装《いしょう》も、今どきコレはないと思うぜ」

あたしとライニイがうなずき合っていたら、ママが顔を赤くして怒鳴《どな》った。

「んもうっ、言いたい放題言って。キラリ社長の素晴《すば》らしさがわからないの？」

「わかるよ」パパはきっぱりと言う。

きらりひかる

「キラリ社長は立派《りっぱ》な人だ。って言っても、芸能人《げいのうじん》としてじゃなく、清掃会社《せいそうがいしゃ》の社長としてね。エコロジーや環境《かんきょう》問題にも積極的に取り組んでいるんだから」

「そうなのよねえ。イケメンで、社長で、お金持ちで、地球を思いやる優《やさ》しい心まで持っているなんて。非《ひ》の打ちどころがないわあ」

「へえ。ただカッコつけてるだけかと思った。こうやってさ」

あたしはいすから立ちあがり、腰《こし》をくねくねさせながら歌いだした。

「キラリキラリ　キラリひかるぅー」

「やだ、ヒヨコったら。キラリ社長はそんな変な歌い方じゃないわよ」

「いや、割《わり》と似《に》てるじゃないか」

ママとパパはけらけら笑ってくれた。けれど、ライニイはしらけた顔で食パンをかじったまま。

「相変わらずオンチだな、バカヒヨ」

いちばん気にしていることをずばり指摘《してき》され、あたしはくちびるをとがらせる。

「別にいいでしょ。オンチだって、歌うの好きなんだから」

「よくない。へたな歌聴《き》かされるこっちは迷惑《めいわく》だ。そんなに歌いたいなら、合唱クラブに入れよ。来月からおまえも、クラブ活動始まるんだから」

そう。四月になったら、あたしは五年生になる。五年生からは、週一回、授業《じゅぎょう》の中にクラブ活動の時間が組みこまれる。必ず、どこかのクラブに入らなきゃならない。ちなみに、小さいころから本を読むのが好きなライニイは、読書クラブだ。

「あ、やっぱだめだな。合唱はやめて、読書クラブにでもしとけ。おれも二年連続で読書クラブにするつもりだから、ためになる本、たっぷり教えてやるよ」

「なんで合唱はだめなの」

「おまえみたいなオンチが入ってきたら、合唱クラブのやつらもつられてオンチになっちゃいそうだからな」

「なによ、ライニイだってオンチのくせに」

「ああ、そうさ。うちはオンチの家系なんだよ。前に親せきの結婚式《けっこんしき》に出たとき、おれはそう確信《かくしん》したね。一族中だれが歌っても、みんなオンチでさ」

「家系なんて関係ないもん。たくさん歌ってれば、そのうちうまくなるもん」

「無理だ。そう簡単《かんたん》にオンチはなおらない」

白熱しだしたきょうだいげんかに割《わ》って入るように、パパが時計《とけい》を見《み》て声《こえ》をあげた。

「わあ、もうこんな時間だ」

「大変、ちこくしちゃうわ」

ママも青くなって声をあげる。その後は、あっという間のできごと。二人はかきこむように食事を済《す》ませ、バタバタと身支度《みじたく》をし、

「行ってきまーす」

と玄関《げんかん》から飛び出していった。

「さてと、部屋に戻《もど》るか」

ライニイもさっさと席を立つ。

「待って。まだいいじゃん。ねえ、いっしょになにかして遊ぼうよ」

あたしはあわてて引きとめた。一人リビングに取り残されそうになったら、急にさみしくなっちゃって。

「そんなひまない。勉強で忙《いそが》しいんだ、おれは。来月からいよいよ受験生なんだからな」

出た、ライニイの口ぐせ「勉強」と「受験」が。いつのころからか、ライニイは私立《しりつ》中学を受験したいなんて言いだした。好きで読んでいた小説や図鑑《ずかん》の代わりに、参考書しか見なくなった。そりゃあ、ライニイは昔からあたしとちがって頭がよかったけど、ここ最近のガリ勉ぶりは、度が過《す》ぎてる。

「受験なんかしないで地元の中学に行きなよ。パパとママだって『無理していい学校に行かなくてもいいよ』っていつも言ってるのに」

「口ではそう言ってたって、おれが有名校に合格《ごうかく》したほうが、二人ともうれしいに決まってるだろ」

「そうかなあ。うちのパパとママって、あんまり成績《せいせき》には興味《きょうみ》ないんじゃない。あたしがテストで悪い点とっても、全然怒《おこ》らないし」

「うるさいっ。おまえはなんにもわかってないんだよ、バカヒヨ」

ライニイはくるりと背中《せなか》を向け、リビングを出ていこうとした。

「とにかく、家ではおとなしくしてろよ。へたな歌なんか歌って、おれの勉強をじゃましたら、ただじゃおかないからな」

「歌ならあそこで歌うからいいもんね」

あたしはリビングの窓《まど》にかけ寄《よ》り、レースのカーテンを開けた。真っ白な朝の光の中、遠くに見える小高い山を、指差す。

「目指すは、ひみつの高台！」

「おまえ、いまだにあんなところ行ってるのか」

ライニイがぎょっとした顔でふり向く。

「うんっ。しょっちゅう行ってるよ。ライニイもいっしょにおいでよ」

あたしは得意《とくい》げに胸《むね》を張《は》った。

「ながめはいいし、日当たりはポカポカ、いくらだって大きい声は出せるし、息ぬきには最高の場所だよ」

通販《つうはん》番組の司会者みたいに早口でひみつの高台をほめまくる。ここまで大げさに宣伝《せんでん》すれば、だれだっていっしょに来たくなるはず。と思ったのに、

「くだらない。おれは死んでも行かないぜ」

ライニイは冷たく言い、自分の部屋に戻《もど》ってしまった。あたしの必死の売りこみもむなしく失敗に終わった。

2　スズメとの出会い

ひみつの高台へ行くには、まず家から十分ほど歩いたところにある、長い石段《いしだん》を上る必要がある。石段《いしだん》が終わったら、今度はその先にある神社の裏手《うらて》に入りこみ、うっそうとした山道をぬけなくちゃならない。けっこうな道のりだ。

「ライニイのわからずや、がんこ、石頭、ガリ勉、いじわる、はくじょう者……」

思いつくかぎりの悪口をつぶやきながら、あたしは山をずんずん登った。

あたりはびっしりと木々が生《お》い茂《しげ》り、うす暗い。不気味な雰囲気《ふんいき》だけど、小さいころからこの道を通《かよ》い慣《な》れてるあたしはへっちゃら。

だけど、いくら気持ちはへっちゃらでも、体はつかれる。でこぼこの地面は歩きづらいし、息は上がるし、汗《あせ》は止まらない。

苦しくても、がまん。もうちょっと、もうちょっとで、

「着いたあ！　まぶしいっ」

明るい日差しが頭上から差しこんできたら、到着《とうちゃく》したあかし。と言っても、頂上《ちょうじょう》まで登りつめたわけじゃない。はっきりとはわからないけど、山の中腹《ちゅうふく》あたりの地点だと思う。

木々が少なく、視界《しかい》の開けた広場。ここが、ひみつの高台。見晴らしのいい台地から、あたしの住む町がすみずみまで見わたせる。

「気持ちいーい、やっほー！」

だれも来る心配はないから、いくらさわいでも平気。心おきなく声を出せるのって最高。つかれなんてふきとんじゃう。こんないいところに「死んでも行かない」って言うなんて、ライニイってば。前はよくいっしょに遊んでくれたのに。この場所だって、二人で探検《たんけん》ごっこをして見つけて、「ひみつの高台」って名前を付けてくれたのは、ライニイ

だったじゃないの。なのに最近じゃ勉強ばっかりで、あたしのこと全然相手にしてくれないで……。

って、やだやだ。せっかくひみつの高台まで来たのに、なに暗くなってるの。

「さあ、ラジオ聴《き》こう、ラジオ」

あたしはわざと明るい声で独《ひと》り言《ごと》を言って、気を取り直し、背中《せなか》からピンク色のデイパックを下ろした。この中には「ひみつの高台で過《す》ごすための三点セット」が入ってる。大好物のポテトチップス。ジュースが入った水筒《すいとう》。そして、いちばんかかせないのが、愛用のラジカセ。ラジオとカセットテープレコーダーの機能《きのう》だけで、もちろんＣＤ《シーディー》なんか付いてない、まさにその名のとおりのラジカセ。今どきこんなのを使ってる小学生って、もしかしたら日本中であたし一人だけかも。初めてあたしの部屋に遊びに来る友だちは、ラジカセをものめずらしそうに見て、「こんなの初めて見た」と口をそろえて言う。

「パパが昔使ってたのをもらったの」

あたしは胸《むね》を張《は》って教えてあげる。

古い物だけど、はずかしいなんて思わない。むしろ、お気に入りのラジカセ。物を大切に使うパパを見習って、あたしも大事にしている。

どこも壊《こわ》れてなんかいないし、しっかり動く。けど、ちょっと不便なのは、充電機能《じゅうでんきのう》がないところかな。部屋で使うぶんにはコンセントで済《す》むけど、ひみつの高台に持ってくるときは、電池を入れてある。

ラジオのスイッチを入れ、アンテナ棒《ぼう》をのばす。電波に乗って最初に聞こえてきたのは、「ぼくらはすぐにかけつけます。あなたのためならどこへでも！」

キラリ社長のキザなセリフだった。「株式会社《かぶしきがいしゃ》　キラリひかる」は、ラジオCM《シーエム》もよくやってるんだよね。キラリ社長の姿《すがた》や声を見たり聞いたりしない日は、まずない。ほんとに、有名人だなあって感心しちゃう。CM《シーエム》の後、歌のヒットチャート番組が始まった。

「今週の第三位は、この曲」パーソナリティのおにいさんの紹介《しょうかい》と共に、歌の前奏《ぜんそう》が始まる。

「あ、これ、あたしの好きな歌だ」

お気に入りの曲が流れたら、すかさず録音ボタンを押《お》して、テープに録《と》っておく。こうしておけば、後で録音したテープのまねをして、歌を練習できるからね。

「歌手ってほんとに歌うまいなあ。プロだから当たり前かもしれないけど」

ノイズまじりでラジカセから流れる、女性《じょせい》ボーカルの歌声に聞きほれる。

あたしもこんなふうに歌えるようになりたい。でも、くやしいけどライニイの言うとおり、そう簡単《かんたん》にオンチはなおらない。あたしは物心つくころから歌うのが大好きで、家でも幼稚園《ようちえん》でも毎日元気に声を張《は》り上《あ》げていた。そのころは、自分の歌がうまいかへたかなんて考えもしなかった。自分がオンチだって知ったのは、小学校に入学してすぐ、校歌を教わったとき。あの日のことは忘《わす》れられない。今でもはっきり覚えてる。音楽室の窓《まど》から見える空はまぶしいくらい晴れわたっていた。校庭の桜《さくら》が満開だった。

担任《たんにん》の先生のピアノ伴奏《ばんそう》に合わせて、クラス全員で校歌を歌った。いつもどおり大声を出していたあたしは、ふと視線《しせん》を感じて、口を閉《と》ざした。

みんながあたしを見てニヤニヤ笑ってる。中には歌うのをやめて、

POTATO

「ヒヨコちゃんって、歌へただよね」

「うん、すごいオンチ」

と、ささやき合ってる子たちもいた。

へた？　オンチって……どういうこと？

あたしはオンチの意味が理解《りかい》できなかった。だって、自分で自分の歌声を聴《き》いたことなんて一度もなかったから。それで、家に帰ってわめいたんだ。「どうやったら自分の声が聴《き》けるの？」って。

「これを使えばいいよ」とパパがこのラジカセをくれた。パパに教わったとおりのやり方で、自分の歌声を録音して聴《き》いて、ようやく理解《りかい》した。

どう聴《き》いてもへた。音程《おんてい》がずれまくってる。なるほど、これがオンチってことか……なんて、一年生らしくもなく、しみじみうなずいちゃった。

あの日以来、家族以外の人前で歌うのがはずかしくなった。音楽の授業中《じゅぎょうちゅう》は、口パクでごまかしている。一人ずつ歌うテストのときは下を向いてボソボソ歌って、「声が聞こえませんよ。もっと胸《むね》を張《は》って、大きな声で」と先生にいつもしかられる。胸《むね》を張《は》って、大きな声で歌いたいよ、あたしだって。ほんとは歌うのが好きで仕方ないんだから。

『そんなに歌いたいなら、合唱クラブに入れよ』

ライニイの言葉を思い出し、どきんとする。

言われるまでもなく、もちろん合唱クラブには入りたい。音楽室から合唱クラブの歌声が聞こえてくるたび、いいなあってあこがれてた。

でもやっぱり無理だよ。こんなオンチのあたしが合唱クラブなんて……。って、また暗くなってる。だめだめ。あたしはブルルと頭をふり、叫《さけ》んだ。

「オンチでなにが悪いっ。歌ってやるーっ」

ラジカセの再生《さいせい》ボタンを押《お》し、さっき録音した歌を流す。テープの声といっしょに、あたしも大声で歌う。終わったら巻《ま》き戻《もど》し、また歌い、巻《ま》き戻《もど》し、何度も繰《く》り返《かえ》していると、

「……ウ……タ……イ」

な、なに、今の？

遠くからかすかに、人の声みたいなのが聞こえた。ラジカセをとめて、耳をすますと、

「タ……イ……タ……」

やっぱり。また聞こえた。

なんだろう。すごく気になる。あたしは声が聞こえたほうへゆっくりと歩き出した。いつも登ってくる山道とは反対の方向、つまり、山の上へと登っていく。ひみつの高台よりも奥《おく》へ進むのって初めてだ。

しばらく歩くと、ごみの山に出くわした。冷蔵庫《れいぞうこ》やら洗濯機《せんたくき》やらエアコンやら、あらゆる電化製品《でんかせいひん》がどろまみれになって、あたしの身長と同じくらいの高さまで積み上がっている。あたしはとっさにあたりを見回した。生《お》い茂《しげ》る木々のすき間から、うす汚《よご》れたガードレールと、でこぼこ道の林道が見える。あそこまで車で物を運んできて、こっそり捨《す》てていく人たちがいるんだ……そういう行為《こうい》のことを「不法投棄《ふほうとうき》」というんだって、前にパパから聞いた。

「物を大事にしない人にかぎって、不法投棄《ふほうとうき》なんていう、心ないまねをするんだ。直せば

まだ使えるものまで平気で捨《す》てたりしてな」

ってパパが言ったとおり、見た目がきれいな物も多く捨《す》てられてる。

あれってまだ使えるんじゃないのかなあ。なんだかもったいない……と、ごみの山をまじまじと見ていて、

「ひっ！」

あたしは思わず後ずさった。

ごみのすき間から、人の手がはみ出てる！　見えてるのは手首より先、手の甲《こう》だけ。

ま、まさか、死体じゃあ……と思った、そのとき、

「ウ……イ……タ」

さっきの声がまた聞こえた。声は、はみ出てる手のあたりから聞こえてくる……こわごわ見ると、その手の指先がかすかにふるえていた。

死体じゃない！　生きてる人だ！

ダッと反射的《はんしゃてき》にかけ寄《よ》り、あたしは気づいた。

はみ出てる手の大きさはあたしと同じくらい。これは絶対《ぜったい》、子どもの手！

「大丈夫《だいじょうぶ》？　しっかりして！」

と呼《よ》びかけたら「ウ……」と言う声がごみのすき間からもれ出してきた。小さな声だったけど、割《わり》とはっきり聞こえた。

うまっている子は、それほど奥深《おくふか》くにいるわけじゃなさそうだ。きっと、あたし一人でも助けられる！

「待ってて、今、助けるからね」

はげましの言葉をかけ、ごみの山をくずしにかかった。と言っても冷蔵庫《れいぞうこ》や洗濯機《せんたくき》なんかはあたし一人じゃとうてい動かせない。電子レンジや扇風機《せんぷうき》など、小さめのごみをどかしていく。

「ふんぬーっ、てえいっ」

力いっぱいいきばって、重たいものを引きずったり、持ち上げたり。いくらどかしても次から次へ出てくるごみと格闘《かくとう》し続ける。

全身クタクタになるころ、ようやくその手を肩《かた》まで掘《ほ》り出《だ》すことができた。

「はあはあ、ここまで来れば、引《ひ》っ張《ぱ》り出せるかも」

どろだらけの服で汗《あせ》をぬぐいながら、ふと、あたりを見回す。いつのまにかうす暗くなってる。今、何時なのかな。門限《もんげん》の五時はとうに過《す》ぎてるだろうな。

まずいよ。急がなきゃ。

「思い切り引《ひ》っ張《ぱ》るからね。すこし痛《いた》くてもがまんして」

声をかけたけど、返事はなかった。あたしは両手でそっと、手首をつかんだ。

冷たい。まさか死んじゃったりなんかしてないよね。早く出してあげなきゃ。

「行くよっ。いち、にの、さーん！」

かけ声と共に、手首を引《ひ》っ張《ぱ》る。ズズッと少しだけ引きよせることができた。

「よ、よし……もう一回。いち、にの、さーん！」

と、声を上げて何度も引《ひ》っ張《ぱ》っていたら、背中《せなか》のほうで怒鳴《どな》り声がした。

「あー、いたいた。バカヒヨ！」

あたしは勢《いきお》いよくふり返る。目をつり上げたライニイが、こっちへ向かってくる。

「さがしちまったじゃねえかよ、全く。ひみつの高台よりも山奥《やまおく》にいるなんて……おまえのバカでかい声が聞こえなかったら、わかんなかったぜ」

「ライニイ、わざわざさがしに来てくれたの？」

「来たくて来たんじゃないっ。『ヒヨコが門限過《もんげんす》ぎても帰らない』って、ママが大さわぎしてるから、仕方なく……」

鼻息荒《あら》くまくしたてるライニイに、あたしは「はい、これ持って」と強引に手首をにぎらせた。

「な、なんだよ、いきなり」

「なんでもいいから、力いっぱい引いて。行くよっ。いち、にの、さーん！」

さっぱり状況《じょうきょう》が飲みこめずにうろたえるライニイを無視《むし》して、あたしはかけ声を上げた。つられてライニイも反射的《はんしゃてき》に引《ひ》っ張《ぱ》った。

ズボッと勢《いきお》いよく、ごみの山の中から飛び出してきたのは……サラサラの金髪頭《きんぱつあたま》！

え、外国人？　あたしはとっさにそう思った。頭に続いて、全身がむき出しになる。ライニイが悲鳴を上げて後ずさり、尻《しり》もちをついた。

「うわあっ、死体！」

「ううん、生きてるよ。さっきまでちゃんと動いて、しゃべってたもん」

答えながらあたしは、うつぶせにたおれる金髪《きんぱつ》の子をのぞきこんだ。

身長はあたしと同じくらい。ぼさぼさにからみ合った金色の髪《かみ》は、耳までの長さでそろえてある、おかっぱ頭。服はどろだらけだけど、白い布《ぬの》きれ。

「なんだろ、この服。ワンピースみたいな」

「というより、ローブって感じだな」

あたしの問いかけに答えながら、ライニイもおそるおそるこっちへ近づいてきた。

「う、うう……」

小さなうめき声を上げながら、金髪《きんぱつ》の子が寝返《ねがえ》りを打ってあおむけになり、それから、そっと目を開けた。

ラムネのびんに入ってるビー玉みたいな、うすい水色の瞳《ひとみ》。

あれ、この子の顔、だれかに似《に》てる。だれだっけ。どこかで見た顔のような。

あたしは首をひねって考え、すぐに思い出した。前にテレビで見た、外国の美術館《びじゅつかん》の壁画《へきが》。そこに描《えが》かれた天使の絵に、この子はそっくりなんだ。

「こいつ、人間、なのか?」

ライニイがおそるおそる指先で、金髪《きんぱつ》の子の頰《ほお》や手のひらをつついた。

「人間に決まってるじゃん」

天使にそっくりだけど。って、これは声に出さず、答えるあたし。

「いや。こいつは人間なんかじゃない。うそだと思うなら、もう一度手首をさわってみろ」

ライニイがふり向いて、にやっと笑う。

「なによ、どれ」

言われたとおり、あたしも手首にふれた。さっきも感じたとおり、やっぱり冷たい。それどころか、脈《みゃく》もない。おかしいなと思いつつ、うす闇《やみ》の中、目をこらして手首を見る。

どんなに探《さが》しても、白い肌《はだ》の下には血管が一本もない。

「な？　体温も脈《みゃく》もないだろ。そいつは、よくできた動くマネキン……いや、ロボットかな。どっちにしても、ただの作り物だ。全く、おまえは早とちりなんだから。こんなごみの中に、人間がいるわけないだろ」

ライニイはあきれ顔で立ち上がり「帰るぞ」と言った。あたしは激《はげ》しく首をふる。

このまま帰るなんて、やだ。ただの作り物だって、この子を放ってなんか行けない。

「ねえ、しっかりして。あなただれなの？　どうしてこんなところにいるの？」

あたしに質問《しつもん》ぜめにされ、金髪《きんぱつ》の子は、なにがなんだかわからないって顔をする。

もしかして日本語が通じてないのかも？　外国人のロボットなのかな？　と思ったら、

「ワ、タシ……わからない、です」

ちゃんと日本語で返事をした。男の子でも女の子でもないようなすんだ声で。

ううん、声だけじゃない。顔も、美少年なのか美少女なのか見分けがつかない。

あなたって、男、女、どっち？　そんなこと聞いたら、この子が傷《きず》つくかな。なんてと

まどうあたしとは正反対に、ライニイは、

「自分のこと、なんにもわかんないのか。しょうがねえな、どこかに手がかりはないか？」

と言いながら、いきなり白いローブをつかみ、めくった。金髪《きんぱつ》の子の両足がひざまでむき出しになる。あたしはぎょっとして悲鳴を上げた。

「きゃあ、ライニイ、エッチ！」

「はあ？　なに言ってんだ？　おまえ、どうかしてるぞ」

「どうかしてるのはそっちでしょ。いきなり服なんかめくって。その子、女の子だったらどうすんの」

「バカヒヨ。こいつはロボットだぞ。人間に似《に》せてあるだけで、しょせんはただの物だ。物に性別《せいべつ》なんかあるか」

「そ、そう言われてもさあ」

あたしはライニイみたいに簡単《かんたん》に割《わ》り切《き》れない。くちびるをとがらせ、ぶつくさ言う。

「なんか、やっぱり、いけないことしてるような気が……」

「しつこいなあ。じゃあ聞くけど、小さい子が遊びに使う着《き》せ替《か》え人形とか、洋服売り場にあるマネキンとか、そういうやつの服を脱《ぬ》がすのもいけないと思うのか?」

「それは別に、思わないけど」

「だろ。こいつもただ動いてるってだけで、着《き》せ替《か》え人形やマネキンと同じだよ」

ライニイはすっかりあたしを言い負かし、金髪《きんぱつ》の子の体をあちこちチェックした。金髪《きんぱつ》の子はいやがったりはずかしがったりはせず、だまってじっとしていた。

うう、ライニイってば、涼《すず》しい顔しちゃって。いくら人形と同じって言っても、そんなきれいな子の服をめくるなんてはずかしいよ。あたしは見ないようにしよう……と思っても、やっぱり気になって、つい横目でちらちら見てしまう。

金髪《きんぱつ》の子は下着を着けていなかった。ライニイの言うとおり、性別《せいべつ》はないようだ。全身凹凸《おうとつ》がなく、ぺたっとした肌《はだ》があるだけ。ネジやつなぎ目なども見当たらない。

けれど、わずかに壊《こわ》れてしまっている部分もあった。髪《かみ》をかき分けて見ると、頭のてっぺん、左部分がちょっとへこんでいた。左の肩《かた》の少し下あたり、二《に》の腕《うで》の肌《はだ》も破《やぶ》れている。ちょうどそのめくれた肌《はだ》のあたりに、なにやら文字が書いてあった。

《ｃｏｄｅ　ｎａｍｅ　雀》

どろで汚《よご》れて読みづらい。それに、「ｃｏｄｅ　ｎａｍｅ」と「雀」の間は、金属《きんぞく》がむき出しに見えてしまっている。

「コードネーム、スズメって書いてあるな」

ライニイがすらすらと読み上げる。あたしには英語も漢字も難《むずか》しくて読めなかったのに。さすが、ガリ勉くん。

「こーどねーむって、どういう意味かなあ」

あたしは首をひねる。さすがのライニイも意味まではわからないだろうと思ったら、

「コードネームってのは、開発中の製品《せいひん》に付けられる、いわゆる仮《かり》の名前ってやつだ。このロボットはスズメって呼《よ》ばれてたらしいな」

またもやライニイがすらすらと説明した。そんなことまでわかるわけ？　どこまで物知

りなんだか。

「しっかし、開発中のロボットがこんなところに捨《す》てられてるなんて。どこかの企業《きぎょう》が、開発を途中《とちゅう》で断念《だんねん》して、廃棄《はいき》したのか？　おい、おまえ……じゃなくて、スズメって名前だっけか。おい、スズメ、どうなんだ？」

ライニイに名前を呼《よ》びかけられても、スズメは「わからないです」と言うばかりだった。

「なに聞いても答えられないじゃんか。全く使いものにならない、失敗作だな。だから捨《す》てられたんだ。ほっとこうぜ、もう。こいつはただのガラクタだ」

すっかりあきらめ顔のライニイ。でも、あたしはまだあきらめない。スズメをこのまま置き去りにするなんて、かわいそうだもん。

「スズメ。あんたの名前は、スズメだって。スズメだよ、スズメ、わかる？」

しつこく言い聞かせる。スズメはしばらくぽかんとした後、だまってうなずいた。

「はい。ワタシの名前は、スズメ。わかりました」

「わっ、わかったって言った！　えっと、じゃあ次はね、あたしの名前、ヒヨコ。この人は、ライニイ。どう？　覚えられる？」

「はい。あなたは、ヒヨコ。こちらの人は、ライニイ。覚えました」

「やったあ、覚えてくれたよ、ライニイ！」

「おおっ、完全にガラクタってわけじゃないんだ。いろんなことを教えて覚えさせれば、役に立つかもな」

あたしとライニイが喜《よろこ》んだのもつかの間、スズメの様子がなんだか怪《あや》しげになってきた。だんだんと体の動きがにぶくなり、挙《あ》げ句《く》の果てには、

「ヒカリ、ブソク、ヒカリ、ブソク」

と繰《く》り返《かえ》しつぶやくだけになってしまった。うつろな目で遠くを見て、なにも聞こえてないみたい。

「急にどうしちゃったの、ねえ、スズメ」

あたしがいくら呼《よ》びかけても返事をしない。

「ヒカリ、ブソク？　そうか、光不足！」

ライニイがぽんと手を合わせた。

「わかったぞ。スズメの動力は太陽光なんだ。だから、あたりが真っ暗になって、動けなくなった。そう考えるとつじつまが合う」

言われてみれば、さっきまではまだうす明かりが差していたのに、今はもう真っ暗だ。すぐそばにいるライニイの顔もよく見えない。

「あたし、知ってるよ。ソーラーエネルギーってやつでしょ。太陽の光が、熱や電力になるんだよね」

めずらしくわかることがあったので、じまんげに語っちゃう。冬に『ソーラーエネルギーでお部屋あったか』って暖房《だんぼう》のCM《シーエム》とかよくやってるから、聞いたことあるもん。あたしはライニイとちがって勉強苦手だけど、テレビやラジオでやってるネタならくわしい。

「ああ。暗いところじゃ、スズメは動けないってことだ。夜のうちに勝手にいなくなる心配はない。このまま置いて帰っても平気だ。明日《あした》また、明るくなってから来て、なにか教えてみよう。スズメのことはだれにも言うなよ、パパやママにもだ、いいな」

「うん、うん。二人だけのひみつだね！」

あたしは何度もうなずいた。また新しくライニイとひみつを持てるなんて、感激《かんげき》。

「よし。じゃあ帰るぞ。すっかりおそくなっちまった。ママが心配してるぜ」

ライニイがさっさと歩き出す。あたしもあわてて後を追う。そのとき、後ろからかすかにスズメの声が聞こえてきた。

「……イ……タイ」

また、痛《いた》いって言ってる。ロボットでも痛《いた》みを感じるのかな。スズメ、壊《こわ》れちゃってる部分もあったし。

あたしは心配になって立ち止まる。そこで再《ふたた》び、スズメの声。

「ウタイ……タイ」

ウタイタイ？　あっ！　あれって「痛《いた》い」じゃなくて、「歌いたい」って言ってるんじゃないの？

そう気づいてふり向いた。でももう、スズメの姿《すがた》は闇《やみ》にまぎれて見えなかった。

「早く来い、バカヒヨ。置いていくぞ」

ライニイが呼《よ》んでる。あたしは「待ってえ」と叫《さけ》んでかけ出した。心の中で「また明日《あした》来るからね」とスズメに語りかけながら。

家に着いてからは、ママにこっぴどくしかられた。

「ヒヨコったら、こんな時間までなにしてたの。そんなにどろんこになって！」

あたしは「近所の公園で遊んでたら、いつのまにか……」なんて、適当《てきとう》にごまかしつつ、気分はうわの空。

天使みたいなスズメ。あたしとライニイだけのひみつ。ウフフフ。

思わず顔がにやけちゃう。頬《ほお》のゆるみをおさえるのに苦労するあたしのとなりで、

「全く、ガキなんだから、おまえは」

ライニイはふだんと変わらぬ態度《たいど》。飛び切りすごいひみつを手に入れたっていうのに、よく平然としていられるなあ。

その晩《ばん》、パパはめずらしく帰りがおそかった。いつもはほとんど決まった時間に帰ってくるのに。

「いやあ、まいった。会社でトラブルがあって、しばらく忙《いそが》しくなりそうなんだよ。せっかくの春休みなのに遊びに連れていけなくて、ごめんな」

申《もう》し訳《わけ》なさそうにあやまるパパに、あたしは「いいの、いいの」って笑った。遊びに行きたいところなんかない。あたしが行きたいのはひみつの高台だけ。今はとにかく、スズメのことしか考えられない。明日《あした》に備《そな》えて、準備《じゅんび》しておかなくちゃ。

あたしは家中から必要な物をかき集め、ピンク色のデイパックにつめこんだ。

3 歌が得意《とくい》なロボット

翌朝《よくあさ》、目を覚ますと、あたしはなぜかベッドの下の床《ゆか》に転がっていた。しかも、時刻《じこく》はすでにお昼近く！

「なんでだれも起こしてくれなかったのお」

怒鳴《どな》ってみても、返事はない。家の中はからっぽだった。パパとママは仕事に、ライニイはひみつの高台に行ったにちがいない。

ライニイめ。よくも置き去りにしたなあ！

鼻息荒《あら》く、ひみつの高台へかけつけると、

「おう、やっと来たか」

ライニイがひょいと片手《かたて》を挙げてみせた。あたしは「ひどいよっ」と食ってかかる。

「一人で先に来るなんてさ。なんで起こしてくれなかったの？　いつもはしつこく起こすくせに」

「今日だって何度も起こしただろ。覚えてないのかよ。耳元で怒鳴《どな》ろうが、ベッドから引きずり下ろそうが、起きなかったんだぞ」

だから床《ゆか》にいたんだ、あたし。そうまでされても起きないなんて、我《われ》ながらはずかしい。

「しょうがないじゃん。寝不足《ねぶそく》だったんだよ。昨日おそくまで、これ用意してたから」

言いわけしながら、重たいデイパックを背中《せなか》から下ろした。中から、ぬれタオル、洋服に靴《くつ》、くし、それといつものラジカセを出す。

「なんだよ、その大荷物？」

ライニイがあきれ顔で、聞いた。

「スズメに必要な物を持ってきたの。ロボットとはいえ、ボロボロのカッコのままじゃかわいそうでしょ。早くスズメに届《とど》けに行かなきゃ」

「寝《ね》ぼけるなよ、バカヒヨ。スズメならここにいるだろ」

と声をかけられ、あたしはハッと顔を上げた。

ライニイの後ろに、スズメが背筋《せすじ》をのばして立っている。まばたき一つせずに、じっとこっちを見て。

「うわあ、ごめんね、スズメ、気づかなくて！　だってまだ、ごみの山のあたりにいると思ったんだもん！」

「おれが付いてこいって言ったら、言うとおりにしたぜ。こいつ、ちゃんと自分の足で、ここまで歩いて来たんだ」

よかった。もし二度と動かなかったらどうしようって、心配だった。

「スズメ、こっちおいで。きれいにしてあげるから」

あたしが手招《てまね》きするとスズメは「はい」とうなずいて、そばに来た。

まずは、ぬれタオルでスズメの背中《せなか》をふいてあげた。それ以外の部分をふくのはやっぱり照れくさいので、あたしはスズメに言った。

「ほ、他は自分でふいて。こうやって、タオルでこするの。わかった?」

「わかりました」とスズメは答えて、ちゃんと自分で体をふいた。なかなか物わかりがいい。

つぎに、洋服。ベージュのチノパンに、白いシャツ、青のネクタイに、黒いベスト。このセットは、去年のお正月に、ママが買った新年の「子ども服の福袋《ふくぶくろ》」に入ってたの。あたしもライニイも着ないで、タンスの肥《こ》やしになってたんだから、スズメにあげたっていいよね。靴《くつ》は、前にあたしが親せきの結婚式《けっこんしき》で一度履《は》いたきりの黒い革靴《かわぐつ》をこっそり持ってきた。どうせ靴箱《くつばこ》の中に入れっぱなしのまま、足が大きくなって履《は》けなくなるだけだろうから、これもスズメにあげたっていいよね。

「勝手に持ち出して、ママにバレたら怒《おこ》られるぞ」あきれるライニイに、「だまっててね」と愛想《あいそ》笑いするあたし。

仕上げは、くしで髪《かみ》をとかしてあげた。からまってボサボサになっていた髪《かみ》が、まっすぐサラサラになった。まぶしい金色にかがやく、きれいな髪《かみ》。

「はい、完成。わあ、すっごく似合《にあ》う」

あたしはパチパチ拍手《はくしゅ》した。

身なりをちゃんとしたら、スズメはさらに人間らしくなった。昔のおぼっちゃま風で、りりしい。けど、ボーイッシュなおじょうさま風にも見える。

「スズメ、かっこいい。ううん、かわいいかな？　ライニイはどっちだと思う？」

「どっちだっていいよ」ライニイは興味《きょうみ》なさそうに答えた。

「見た目なんかきれいにしたって、だめだ。スズメはやっぱりガラクタだ。いろいろ教えようとしたけど、全めつだった」

不機嫌《ふきげん》そうに手の中の本をあたしに見せつける。六年生用の国語、算数、社会、理科、難《むずか》しそうな参考書だ。

「どれを見せても、わかりませんって言うばかりで、なに一つ覚えない。覚えてくれれば、暗記の勉強相手に使えるかと思ったのにさ」

「勉強苦手なの？　あたしとおんなじだね」

あたしが声をかけると、スズメはぽつんとつぶやいた。

「ワタシ……ウタイ、タイ」

「あっ、やっぱり。また『歌いたい』って言った。わかったよ、スズメ。勉強がだめでも、これならイケるかもよ」

あたしはラジカセをスズメに見せた。ライニイがハアとため息をつく。

「おまえなあ、そんなもん持ってきて、なにする気だよ」

「スズメね、昨日からずっと『歌いたい』って言ってるみたいなの。だから、試《ため》しになにか歌を聴《き》かせてみようと思って」

「まさか。ロボットが歌なんて歌いたがるわけないだろ」

ライニイにバカにされつつ、あたしはテープを再生《さいせい》した。昨日録音した曲が流れだす。

あたしの好きな、女性《じょせい》ボーカルの歌。

「どうだった?」曲が終わってすぐに、あたしは聞いた。スズメは「覚えました」とうなずき、おもむろに歌いだす。たった今聴《き》いたばかりの歌を、正確《せいかく》な音程《おんてい》とリズムで。だけど、単に女性《じょせい》ボーカルのまねをしてるっていうんじゃなくて、ちゃんとスズメ本人（ロボットだけど、『人』でいいのかな?）のすきとおった声で。

スズメが最後まで完ぺきに歌いきるのを、あたしとライニイはあっけにとられて見ていた。曲が終わってしばらくしてから、

「す……すげえ」ライニイがぼそっとつぶやき、あたしも我《われ》に返った。

「うまい！　歌手とおんなじくらい、ううん、スズメのほうがうまかった。それに、一度聴《き》いただけで曲を全部覚えちゃうなんて、すごいよ！」

「歌が得意《とくい》なロボットなんて、めずらしいぞ。こいつは一体……」

ライニイはメガネの位置を直しながら考えこみ、あっと声を上げる。

「もしかしたら、スズメを開発したのは、どっかのカラオケ教室とか、ボイストレーニング教室の会社なのかもしれないぞ。歌の先生として、スズメを作ったんだ。ロボットには給料払《はら》わなくて済《す》むからな」

「えっ、だったら、あたしにも歌を教えてほしい！」

あたしは興奮《こうふん》してしまった。だってもし、スズメが歌を教えてくれて、それでオンチをなおせたら、最高だもん。

「そう都合よくはいかないんじゃねえの。ちゃんと歌を教えられる優秀《ゆうしゅう》なロボットなら、こんなところに捨《す》てられてるわけがない。どうせスズメは失敗作だとか、故障品《こしょうひん》だとか、そんなところだろ」

ライニイは「あーあ」と不満げな声を上げ、こちらに背《せ》を向けた。

「なんにしても、勉強に使えないんじゃ意味ないぜ。おれはもう帰る」

「待ってよ。もしかしたらスズメから歌を習えるかもしれないじゃん」

「別に習いたくない。歌なんて受験にはなんの役にも立たないからな。時間のむだだ。おまえは好きなだけ歌ってろ。ヒヨコとスズメで、ピーチクパーチクってな」

フフンといやみっぽく笑って、ライニイはさっさと山を下りて行ってしまった。

「もうっ、ライニイってば受験のことにしか興味《きょうみ》ないんだから」

独《ひと》り言《ごと》を言うあたしの横で、スズメはさっきのテープの歌を繰《く》り返《かえ》し歌っていた。目を閉《と》じて、うっとりと。

「あ、あのお、気持ちよさそうに歌ってるところ、悪いんだけど。スズメって歌の先生なの？　あたしにも歌を教えられる？」

あたしはおずおずと聞いた。スズメは歌うのをやめて、目を開け、ぱちくりとまばたきをした。

「センセイ？　オシエラレル？　わかりません」

あ、やっぱりだめか。ライニイの言ったとおり、そう都合よくはいかないよね。

「だったらいいの。ごめんね、歌の途中《とちゅう》でじゃまして」

「いいえ、じゃまではありません。声をかけてもらわなければ、ワタシ、いつまでも歌っているところでした。なぜだか口が勝手に動いてしまうんです。歌いたくて歌いたくて、どうしても止められません。ワタシ、どこか故障《こしょう》しているんでしょうか」

スズメは眉《まゆ》をハの字にした。ロボットでも、ちゃんと困《こま》ったような顔をするんだ。なんだかかわいい。あたしはくすっと笑って答えた。

「それは故障《こしょう》じゃないよ。歌うことが楽しいから、止められないんじゃないかな」

「タノシイ？　タノシイとは……」

そう言って、スズメはだまりこむ。目を見開いたまま、身動き一つしなくなった。かと思ったら、数秒後にはこくんとうなずいて、まっすぐな視線《しせん》を向けてきた。

「検索終了《けんさくしゅうりょう》。わかりました。『楽しい』はジョヴィアーレ、アレグラメンテ、などに当てはまります」

「え、なに？　今の言葉？」

「音楽用語です。楽譜《がくふ》の中に書かれているものなのですが、ヒヨコはなにか一つでも知っていますか？」

「うーん、フォルテとか、ピアノとかなら、音楽の授業《じゅぎょう》で聞いたことあるけど。そういうやつのこと？」

「そうです。今ヒヨコが言ったのは、音の強弱に関する音楽用語です。そのほかにも速度や奏法《そうほう》に関するものなど、音楽用語にはさまざまなものがあります。さっきワタシが言ったジョヴィアーレ、アレグラメンテは、曲想に関する音楽用語です。『楽しい』を表現《ひょうげん》する音楽用語を検索《けんさく》したら、出てきました」

すごい。スズメって、音楽のことならほんとにくわしいんだ。あたしはぽかんと口を開けて、感心した。

「楽しい、の意味はわかりました。そして、楽しいと止められなくなる、と……」

スズメはフムフムとうなずいてから、あたしに向かってたずねた。

「でしたら、ヒヨコも歌うのが楽しい、のですね。そうでしょう？」

「えっ？　た、確《たし》かに、そうだけど。なんでわかるの？」

「はい。なぜなら昨日、ヒヨコが繰《く》り返《かえ》し歌う声が、ごみの山の中まで聞こえてきたからです。ワタシと同じで、歌うのが楽しいから、止められなかったのでしょう？」

ひええ、聞かれてたんだあ。

照れてうつむくあたしに、スズメが「いっしょに歌いましょう」と出しぬけに提案《ていあん》した。

「ワタシもヒヨコも歌うのが楽しい。共に歌えば、もっと楽しいのではないでしょうか」

「そりゃ楽しいだろうけど。だめだめ、あたしすっごい歌がへたなんだから」

「へた？　ワタシは昨日、ヒヨコの歌を聴《き》いて、へただとは認識《にんしき》しませんでした。遠くてはっきり聞こえなかったせいでしょうか？　もう一度よく聴《き》いて判別《はんべつ》してみますから、今ここで、もう一度歌ってみてください」

「えー、はずかしいなあ」

頭をぽりぽりかきつつ、あたしってば、ちゃっかり歌う気になってる。元から歌うのは大好きだから、歌ってみてと頼《たの》まれれば、悪い気はしない。

それに、聴《き》かせる相手がスズメならいいかなって思えた。スズメならきっと、オンチなあたしを笑ったりばかにしたりしないって、そんな気がする。

「わかった。じゃあ、歌うよ。さっきのテープの歌でいい？」

「はい。お願いします」

スズメがうなずくのを確認《かくにん》してから、あたしは息を大きく吸《す》いこみ、歌いだした。

うわ、やっぱりへただ。歌いながら、改めて思った。何度も音をはずしたり、声がひっくり返ったりしている。それでもめげずにお腹《なか》の底から声を出し、はきはき歌った。すんだ瞳《ひとみ》でじっと見つめてくるスズメの前で、ボソボソ歌うのはいやだったから。

「ど、どうだった？　やっぱりオンチだったでしょ？」

歌い終え、どきどきしながらたずねると、スズメはこっくりとうなずいた。

「はい。テープの歌をお手本として比較《ひかく》すると、ヒヨコの歌は音程《おんてい》や調子が大幅《おおはば》にずれています。これはまさしく、オンチです」

ぐさっ。そこまできっぱりと言われると、さすがにちょっとショック。

だけど思ったとおり、スズメはあたしをばかにしてるわけじゃない。ロボットだから、事実を包みかくさず口にしてるだけだ。へたなお世辞を言われるよりずっといい。

「しかし、なぜでしょう。確《たし》かにオンチなのですが、やっぱりワタシにはへただとは認識《にんしき》できません。ヒヨコの歌からは、アニマンド、エネルジコ、そういった認識《にんしき》ができます」

「それってまた音楽用語？　どういう意味？」

「『元気に』『活気を持って』や『力強く』といった意味です」

そう答えた後、スズメは遠くを見つめて「ああ、そう言えば」とつぶやいた。

「ワタシは昨日、ヒヨコの歌を聴《き》くまで、身動き一つできなかったのです。ごみに押《お》しつぶされ、もうどうしようもないのだとあきらめていました。ところがヒヨコの歌を耳にしたとたん、なぜかまた体を動かしたくなって、どんどん歌いたくなってきて。それで、必死に声を出したのです。『ウタイタイ』って」

「へえ、なんかうれしいな。あたしのオンチな歌でも、スズメに元気や、やる気を与《あた》えたってことかなあ」

あたしの歌につられてスズメが声を出して。その声を聞いてあたしがスズメの元へかけつけて。運命的な出会いって感じ！

「ワタシの中に『感情《かんじょう》』というものがあるかどうかはわかりません。ですが、ヒヨコの歌で、ワタシが行動を起こしたことは確《たし》かです。歌とはそういうものなのですか？　聴《き》いた者の感情《かんじょう》や行動を左右するような、きみょうな効果《こうか》があるのですか？」

「別にきみょうじゃないよ。だれだって、歌を聴《き》いて、楽しくなったり元気になったりすることあるよ。逆《ぎゃく》に、悲しい歌を聴《き》いて、涙《なみだ》が出たりもするしね」

「不思議なものですね」そう言って、スズメは口をつぐんだ。しばらくだまりこんだ後、

「ヒヨコ」と静かに呼《よ》びかけてくる。

「お願いです、ヒヨコ。ワタシにいろいろな歌を教えてください。たくさんの歌を歌って、歌のことを理解《りかい》したいのです」

ものすごく真剣《しんけん》な顔。ライニイは昨日スズメのことを「ただの作り物だ」なんて言ったけど、そうは思えない。スズメはこんなにまっすぐで、一生懸命《いっしょうけんめい》。ロボットだろうがなんだろうが、応援《おうえん》したくなる。

「いいよ。ラジオから録音した歌のテープがいっぱいあるから、持ってきてあげる」

「ありがとうございます」とおじぎするスズメの肩《かた》に、あたしは軽く手をのせた。そして、えんりょがちに切り出す。

「その代わり、あたしからもお願いがあるの。スズメが歌うとき、あたしもいっしょに

歌っていいかなあ？　……オンチだけど」

「はいっ、もちろんです！」

スズメはガバッと顔を上げ、初めて笑顔《えがお》を見せた。

「いっしょに歌いましょう、ヒヨコ」

小さな子どもみたいにかわいらしい、むじゃきな笑い方だった。

4　二人で過《す》ごす日々

このところめっきり、メガネをかけたカミナリ様にたたき起こされることがなくなった。あたしはもう寝坊《ねぼう》なんかしない。だれも来ないひみつの高台に一人でいるスズメのことを思うと、早く行ってあげたくてたまらなくなる。

朝ごはんを食べた後は、そくざにひみつの高台へ向かう。雨が降《ふ》っても、雨がっぱを着て出かけた。雨雲のせいであたりがうす暗いと、ソーラーエネルギーで動くスズメは動きがにぶくなってしまう。だから心配で、晴れの日よりも早く家を出た。ライニイには「あんなガラクタロボットのために、毎日ご苦労なことだな」なあんて、いやみを言われた。

フンだ、ほっといてよね。

晴れの日は、あきることなく声を張《は》り上《あ》げた。スズメと二人で、次から次へとテープに入ってる曲を聴《き》いては、まねして歌う。あたしが録《と》りためたテープは最近の曲しか入ってなかったから、パパが押《お》し入《い》れにしまいこんでいたテープも引《ひ》っ張《ぱ》り出してきた。そのおかげで古い歌もたくさん知った。今まではかっこ悪いと思ってた演歌《えんか》や童謡《どうよう》も、歌ってみると意外にいい曲だったりして、好きになった。

スズメはどんな曲でも一回聴《き》いただけで、完ぺきに歌うことができた。歌詞《かし》もメロディも絶対《ぜったい》にまちがえたりしない。おどろいたことに、洋楽だって平気で歌いこなした。

あまりにもなめらかな発音で英語の歌を歌うものだから、「英語しゃべれるの？」ってあたしは思わず聞いた。

するとスズメは「しゃべれません。テープのまねをしているだけです」なんて、けろりと言う。おそるべき耳のよさ。二人でいっしょに歌うとき、あたしはスズメの歌声をきちんと耳に入れながら歌うように心がけた。そうすれば、つられて正しい音程《おんてい》で歌えて、自分が音をはずすと「あ、はずれた」ってはっきりわかる。スズメと歌ってるときだけは、ちょっとだけオンチがなおってるかも？　なあんて、うぬぼれかな？

スズメの声は高音のソプラノ、あたしの声は低音のアルト。だけど、音の高さのちがいなんか全然気にならない。とにかく、歌うのが楽しい。

だれかと声を合わせるのがこんなに楽しいなんて、知らなかった。

だけど、いくら楽しくても体力には限界《げんかい》がある。長時間歌ってると、のどがかわくし、お腹《なか》もすく。

「はあー、そろそろ休ませてえ」

あたしは大きな石に腰《こし》かけて、デイパックからポテトチップスとジュースを取り出した。

「ではワタシだけで、歌っていますね」

スズメはロボットだから、へばったりしない。あたしが休けいする間も、一人でずっと歌い続ける。

ここから先は、あたしの幸せなひととき。名づけて「スズポテタイム」。スズメの歌声を聴《き》きながらポテトチップスを食べるタイム、というのを略《りゃく》しただけだけど。

スズメの声をBGM《ビージーエム》に食べるポテトチップスは、おいしさ倍増《ばいぞう》。ひみつの高台限定《げんてい》じゃなく、いつでもどこでもスズポテタイムを過《す》ごせたら、最高なのに。

って考えてたとき、ふとラジカセが目に留《と》まり、あたしはひらめいた。

「そうだっ。スズメの歌声、録《と》らせてよ」

簡単《かんたん》なことなのに。なんでもっと早く気づかなかったんだろう。

「録《と》るのは構《かま》いませんが。なぜです?」

スズメが小首をかしげる。

「そりゃ、いつでもスズポテタイムを……ううん、なんでもない。気にしないで。ほら、録《と》るよ。選曲はまかせるから、歌って」

ばかげた理由を口にしかけたら、はずかしくなって、あたしは強引《ごういん》に話を進めた。

「わかりました。では、始めます」

スズメは目をぱちくりさせながらも、素直《すなお》に歌いだしてくれた。あたしはすかさず録音ボタンを押《お》す。これで後は余計《よけい》な雑音《ざつおん》が入らないようにすれば、バッチリ。

なのに、さっきから頭上がピイピイギャアギャアさわがしい。

『静かにして。録音のじゃましないで』

声には出せないので、心の中で文句《もんく》を言って、見上げる。たくさんの鳥たちが木の枝《えだ》に留《と》まったり、空を飛びかったりしていた。本物の鳥のスズメがチュンチュン、カラスがカアカア。そのほかにも見たことのない鳥たちが声高にさえずっている。

またか、とあたしは思った。このところ、いつもこうなんだよね。スズメが歌いだすと、いっぱい鳥が集まってくる気がする。そのうえ、鳥はみんなまるで、スズメの声に合わせて歌っているように聞こえる。

「終わりましたよ、ヒヨコ」

ふいにスズメが声をかけてきた。あたしが鳥に意識《いしき》をうばわれているうちに、一曲歌いきってしまったらしい。

「あ、ごめん。ありがと」

ラジカセの停止《ていし》ボタンを押《お》しながら、ふと気づく。

あれっ？　あたりが静かになってる。スズメが歌うのをやめたから、鳥も歌わなくなった……なあんて、考えすぎか。春だもん、鳥が元気にさえずるのは当たり前だよね。おかげでちょっと雑音《ざつおん》入っちゃったけど、無事に録音も済《す》んだし。さて、おやつの続き、続き。

あたしは気を取り直して、ポテトチップスを口いっぱい頬張《ほおば》った。

「うーん、おいしいー。スズメも食べればいいのに」

「ワタシは物を食べません。日の光にさえ当たればいいのです」

「スズメはソーラーエネルギーで動いてるんだもんね。お腹《なか》すかないのは便利そうだけど、あたしはいやだなあ。食べるの好きだもん。おいしい物、いーっぱい食べたい」

そのとき突然《とつぜん》、頭上でカラスたちがグワアグワアとわめきだした。

「わっ、すごい声。うるさいなあ。あれってなんか意味があってさわいでるのかなあ」

「知りたいですか？　すこし待ってください」

スズメは目を閉《と》じ、しばらく耳をすませてから、言った。

「『おれたちも人間の食べ物は好きだ。ごみ集積所にもおいしい物がいっぱいあるぜ』ですって」

「えっ、それって、今、カラスが言ったの？」

「はい。たぶん、そう言いました」

「ええっ、スズメ、鳥の言葉がわかるの？」

あたしは鼻息を荒《あら》くした。でもすぐにスズメが「いいえ」と答え、がっかり。

「なんとなくわかるような感じがするだけで、完全に理解《りかい》できるわけではないのです。鳥さんの声が言葉に聞こえるだなんて、ワタシの聴覚機能《ちょうかくきのう》は壊《こわ》れているのでしょうか」

「それって、壊《こわ》れてるんじゃなくて、優《すぐ》れてるんじゃないの？　スズメはどんな歌でも一発で覚えちゃうくらい耳がいいんだから。鳥語だって、簡単《かんたん》にマスターできるかもよ」

「できるでしょうか。こうしてヒヨコとおしゃべりしているように、鳥さんたちとも言葉を交《か》わすことが」

「きっとできるよ。自信持って」

「はい」スズメは素直《すなお》にうなずいた。ロボットなのに、なんだか照れているように見えた。

「それにしても、許《ゆる》せんっ」

あたしは頭上をにらみ、こぶしをブンブンふり回した。

「こらー、カラスたち！　いくらおいしい物があるからって、集積所を散らかすのはやめてよね！　片《かた》づけてるのはうちのパパなんだから！」

それに応《こた》えるようにカラスたちがクワークワーと鳴いた。すかさずスズメが通訳《つうやく》する。

「『なにわめいてるのか、いまいちわかんねえけど……まあ試《ため》しに、あいつのところの集積所は散らかさないでおくか』と。あくまでワタシがそう聞きとっただけですので、正確《せいかく》ではないかもしれませんが」

「いいよ、正確《せいかく》じゃなくたって。カラスってば、ほんと生意気。しかも、食いしんぼうだしさあ。そりゃ、あたしだって、おいしい物は好きだけど」

ぶつくさ言うあたしのとなりで、スズメがぴたりと動きを止めた。

「オイシイとは……スキとは……検索終了《けんさくしゅうりょう》」

また音楽用語を探《さが》してたみたい。あたしは「見つかった？」とたずねた。スズメは残念そうに首をふる。

「いいえ。いまいちしっくりくる言葉が見当たりません。おいしいや、好き、を音楽用語で表現《ひょうげん》するのは難《むずか》しいようです」

「じゃあ見て。こうして、食べるでしょ。そしたら口の中にぱあっと味が広がって、おいしいって感じるの。でね、こんなにおいしいと、ポテトチップスが好きって気持ちになってくるの」

あたしはポテトチップスを口に放りこんで、必死に解説《かいせつ》した。でも、だめ。これじゃあ全然説明になってない。おいしいも、好きも、ふだん当たり前のように使ってる言葉なのに、意味すら伝えられないなんて。こんなとき、頭のいいライニイなら、うまく説明してみせるんだろうなあ。だけどスズメはあたしのへたな話に、熱心に耳をかたむけてくれていた。眉間《みけん》にしわを寄《よ》せて「なるほど」とうなずく。

「ヒヨコの実演《じつえん》と解説《かいせつ》で、ワタシなりに意味を理解《りかい》してみました。試《ため》しに、おいしいと好きを使って話してみるので、使い方が合っているかどうか、教えてください」

「わかった。じゃあ、言ってみて」

「はい。太陽の光はおいしいです。ワタシは太陽の光が好きです」

「おおっ、合ってる。スズメにとって太陽の光は、あたしのポテトチップスみたいなものだもんね」

あたしは大きく拍手《はくしゅ》した。あんな説明でわかってもらえたのが、うれしい。

「でしたら、こういうのはどうでしょう」

とスズメが続ける。

「ヒヨコはおいしいです」

「だめだめ。それはちがうよ。スズメはあたしを食べたりしないでしょ。おいしいは食べ物や飲み物に使う言葉なんだよ」

ドラマなんかで悪役が『こいつはおいしい仕事だ』とか言うこともあるけど。そんな怪《あや》しげな使い方は、教えなくていいよね。

「そうですか、わかりました。ならば、こういうのは合っているでしょうか」

スズメが再《ふたた》び、続ける。

「ワタシはヒヨコが好きです」

「へっ?」ドキッとしてしまった。顔が一気に熱くなっていく。

「これも使い方が、ちがっていますか?」

「う、ううん。ち、ちがってないよ」

やだ。なにあせってんの、あたし。相手はロボットなのに。落ち着け、落ち着け。

スーハースーハーと、深呼吸《しんこきゅう》してるところへ、スズメがさらに追い打ちをかけるような質問《しつもん》をしてくる。

「では、ヒヨコはワタシが好きですか?」

「……あ……あわわ……」

あたしは口をぱくぱくさせた。スズメがしつこく「好きですか? 好きですか?」と聞いてくる。この調子じゃあ、答えるまで、何度でも聞き続けてくるだろう。

「……うん……好き」

やっとの思いであたしが答えると、スズメはさらにつっこんできた。

「でしたら、ポテトチップスとワタシと、どちらのほうが好きですか?」

「そんなの比《くら》べられないのっ。『好き』の中にも、いろいろと種類があるんだからっ」

なんて、自分で言ってて、疑問《ぎもん》だった。

「好き」の種類ってなに? あたしがスズメを好きなのは、どんな種類の「好き」なの? 友だちとして好き? それとも……もしかして、恋《こい》の相手として好き? まさか!

でも、わからない。男の子でも女の子でもないスズメのことを、どんなふうに好きかなんて、いくら考えてもわからないよ。

「複雑《ふくざつ》なのですね、好きに種類があるなんて。ワタシにはまだ理解《りかい》できません」

スズメは首をかしげた後、すぐに気を取り直したように「でも、構《かま》いません」とほほ笑《え》んだ。

「どんな種類でも、ワタシがヒヨコを好きということに変わりはありませんから」

まるであたしの迷《まよ》いに、答えてくれたみたいなセリフ。あたしは「そのとおりだね」と深くうなずいて、ほほ笑《え》み返した。

その晩あたしは、ふだんどおりの時刻《じこく》に部屋の明かりを消し、ベッドに入った。いつもなら一分もせずに眠《ねむ》りに落ちるけど、今日はちがう。

まくら元の電気スタンドをつけ、その明かりの下にあるラジカセにヘッドホンの端子《たんし》を差しこみ、スズメの歌声のテープを聴《き》く。どうしたらこんなふうに歌えるんだろう。なるほど、この部分は音が下がるのね。あれこれ研究しながら何度も聴《き》きこんでいるうちに、十二時を過《す》ぎてしまった。けれど、まだちっとも眠《ねむ》くない。眠《ねむ》ってなんかいられない。あたしには今、待ってるものがあるんだから。

こんな時間まで起きてるのが家族にばれたら、怒《おこ》られちゃう。けど、下の階の寝室《しんしつ》で眠《ねむ》ってるパパとママには、見つかる心配はない。あの二人の眠《ねむ》りの深さは、筋金《すじがね》入り。ちょっとやそっとの物音じゃ起きない。朝なんか、目覚まし三つかけてるくらいだもん。

問題は、となりの部屋のライニイだ。毎日深夜まで勉強してるみたいだから。今も、かべの向こうでカサコソとかすかな音がしている。ライニイにバレないように静かにしてなくちゃ。

と思った矢先に、お腹《なか》がぐうーっと大きな音で鳴った。

来た！　あたしの待っていたもの。それは、このハラペコの虫。

ひみつの高台から帰ってきて夕飯を食べたらお腹《なか》いっぱい、後はお風呂《ふろ》に入っておやすみなさい。これを毎日繰《く》り返《かえ》してたら、いつまでたっても家でスズポテタイムを過《す》ごすチャンスがない。だから夜ふかしして、お腹《なか》がすくのを待ってたの。

今こそ、ポテトチップスを食べるとき。

あたしはラジカセの停止《ていし》ボタンを押《お》し、ベッドから出て、勉強机《べんきょうづくえ》の前まで行った。おもむろに、いちばん下の大きな引き出しを開ける。中には、ひみつの高台に持っていくための、ポテトチップスの小袋《こぶくろ》がいくつも入ってる。音を立てないように注意して、ポテトチップスの袋《ふくろ》を開けた。とたんに、コンソメの香りが部屋中に広がる。いいにおい。でも、においが部屋にこもったら、まずい。夜におかしを食べたのが、家族にバレちゃう。

窓《まど》を開け、空気を入れかえた。心地よい風がふきこんでくる。これで一安心。あたしはポテトチップス片手《かたて》にベッドにこしかけ、ラジカセの再生《さいせい》ボタンを押《お》した。

ああ幸せ。やっと念願のスズポテタイムが過《す》ごせた。口に広がるコンソメ風味と、耳にひびくスズメの歌声にうっとり……していたら、バンッとドアが開き、

「うるさいぞ、バカヒヨ！」

ライニイが怒鳴《どな》りこんできた。同時に部屋が明るくなる。ライニイが電気のスイッチを入れたらしい。

「こんな時間に、でかい音で音楽聴《き》くな」

「え、でもあたし、ヘッドホンで……」

言いかけて、ハッとした。耳に着けたヘッドホンからじゃなく、スピーカーから音が出ている。いつのまにか、ヘッドホンのコードがラジカセからぬけている。

あっ、そうか。さっき、ヘッドホンを着けたまま部屋を歩き回っちゃったせいだ。

早くテープを止めなきゃ、と思った瞬間《しゅんかん》、

バサバサバサアアー！

窓《まど》からなにかが飛びこんできた。真っ黒な影《かげ》が連なって、次々と部屋に入ってくる。

「きゃあ、なにこれえっ」

あたしは両手で頭を抱《かか》えこんだ。

ラジカセから流れ続けるスズメの歌声に交じって、ギャギャギャギャギャという音。うううん、よく聞いたら、音じゃない。声だ。たくさんの鳥がわめく声。それに、さっきからバサバサと耳障《みみざわ》りなのは、羽音だ。

「うわあ、なんだよこの鳥の大群！」

ライニイもパニックを起こしている。

なんとかしなくちゃ。あたしは無我夢中《むがむちゅう》でラジカセの停止《ていし》ボタンを押《お》し、まくらをつかんだ。ライニイにも、クッションを投げわたす。

「手伝って。とにかく、鳥を外に出すの」

「あ、ああ、わかった」

二人でまくらとクッションをふり回して、暴《あば》れた。でもあたしたちの攻撃《こうげき》が直接《ちょくせつ》鳥に当たることは一度もなかった。鳥たちはスイスイとうまく身をかわし、一羽、また一羽と窓《まど》の外へ飛び去っていった。

「はあはあ、やっと全部いなくなった」

あたしは窓《まど》を閉《し》め、へなへなと座《すわ》りこんだ。けっこうなさわぎになっちゃったけど、パパとママは起きだしてこなかった。どんかんな両親で、助かった。

「びっくりしたあ。鳥って夜でも飛べるんだね。鳥は夜になると目が見えなくなるって、よく言わない？」

「そう言われることが多いけど、実はちがうらしいぞ。全部の鳥の目が、夜になったとたんに見えなくなるってわけじゃない。昼間よりは見えづらくても、ちゃんと見えてる鳥のほうが多いんだ。フクロウとかミミズクとか、夜行性《やこうせい》の鳥ってのもいるしな」

「へえ、そうなんだ。ほんとになんでも知ってるね、ライニイは」

「まあな。おれくらい頭がいいと、どんな知識《ちしき》でも……って、こんな話してる場合じゃないだろ！　なんだったんだよ、あの鳥たちは。おまえ、なにをしでかしたんだ」

「しでかすって、別になにも……」

あたしはふと、口をつぐんだ。

そうだ、このところずっと、スズメが歌い出すと鳥が集まってくる気がしてたんだ。今日、スズメの歌を録音したときも、鳥の声がうるさくて困《こま》ったくらい。

もしかして、今の大群は、まさか。

「ライニイ、笑わないで聞いて」そう前置きしてから、あたしは大真面目《おおまじめ》に言った。

「スズメの歌声って、鳥を引《ひ》き寄《よ》せる力があるみたいなの」

「ぶはっ、なに言ってんだ、おまえ」

ライニイは思い切りふきだした。

「もうっ、笑わないでって頼《たの》んだのに、ひどい。ほんとなんだったら。ひみつの高台でスズメが歌うと鳥がいっぱい集まるし、さっきはスズメの歌声のテープが流れたとたん、鳥が入ってきたんだよ」

「そりゃ単なる思いこみだ。鳥のお目当ては歌なんかじゃなくて、あれだ」

ライニイが指差したのは、あたしが開けたポテトチップスの袋《ふくろ》だった。鳥につつかれて袋《ふくろ》はびりびり、中身は全部食べられて空っぽ、見るもむざんな姿《すがた》になっている。

「ずばり当ててやる。ひみつの高台で鳥が来たってときも、おまえポテトチップス食ってただろ？」

「た、確《たし》かに食べてたけど」

「そら見ろ。鳥は、食いもんにつられて来ただけだ」

「ちがうよ。ほんとに、スズメの歌声で……」

「いいかげんにしろ。いつまでもくだらないこと言ってると、夜中に隠《かく》れてポテトチップス食ってたこと、パパとママに言うぞ。おとなしく寝《ね》ろ、バカヒヨ」

と言い残し、ライニイは自分の部屋に戻《もど》ってしまった。

フンだ。信じないならいいよ。あれほどきれいなスズメの歌声になら、鳥だって吸《す》い寄《よ》せられて来ちゃうんだからね、絶対《ぜったい》。あたしはそう信じてる。

5　カムバック・カナリア

翌朝《よくあさ》、リビングに行ったとたん、「昨日の夜、なにかあったの？」とママに聞かれて、あたしはぎくりとした。

「なんで？　もしかして、なんか、物音が聞こえたりした？」

「ううん、そうじゃないけど。今ライがね、朝風呂《あさぶろ》してるのよ。『ゆうべ、ヒヨコのせいで汗《あせ》かいたから』って言って」

遠回しに、鳥を追い回したときのことチクッたんだ。ライニイってばいじわる。

「ちょっと二人でまくら投げしてたの」

うそではないよね、一応《いちおう》。

「まあ。ママたちは全然気づかなかったけど、ご近所迷惑《めいわく》じゃなかったかしら。あんまり夜おそくにさわいじゃだめよ」

しっかり注意した後、ママは「でも」と続ける。

「ライがそんなふうに元気よく遊んでくれたなんて、ママちょっとうれしい。あの子、勉強に根《こん》をつめすぎだから。もっと肩《かた》の力をぬいてくれるといいんだけど」

「うん……そうだよね」

あたしもしゅんとうなずいて、なんだか朝っぱらから暗い空気になっちゃった。ママがハッとした表情《ひょうじょう》になり、明るく話題を変える。

「あっ、あのね、パパったら今日もごみ集積所に行ってるのよ。つかれてるんだから、ゆっくり寝《ね》てればいいのにねえ」

「このところパパ、毎日残業だよね。ずいぶん忙《いそが》しそうだけど、なにかあったのかな」

「確《たし》か、カナリアをさがしてるとか言ってたわよ」

「カナリア？　なんで？」

と、そのとき、あたしの疑問《ぎもん》に答えるかのような歌が、テレビから流れ出した。

♪早く帰っておいで　カムバック・カナリア
♪ああー　どこにいるの　今すぐおまえに会いたいよ
♪ランナウェイ　逃《に》げ出《だ》した　いとしいぼくのカナリアよ

サビっぽい部分しか流れなかったのに、ママがいち早く反応《はんのう》し、リビングにかけこんだ。

「きゃあ、キラリ社長の声よ。なにかしら、この歌。初めて聴《き》く曲だわ」

テレビに映《うつ》っているのは、毎朝おなじみのワイドショー番組。女性《じょせい》アナウンサーがにっこりほほ笑《え》む。

「今お聴《き》きいただいたのは、キラリ社長の新曲『カムバック・カナリア』です。本日緊《きん》急《きゅう》発表の曲ということで、なんと、CM《シーエム》の後、キラリ社長ご本人が登場します。お楽しみに」

「なんですって、大変。録画しなきゃ。ヒヨコ、ビデオ用意して」

「あのねえママ、いつも言うけど、ビデオじゃなくて、ハードディスクレコーダーだよ」

「ハードでもバードでもなんでもいいから、早く録画してちょうだい」

ビデオデッキとハードディスクレコーダーのちがいもわからないほど、ママは機械に弱い。当然、自分じゃ録画どころか、再生《さいせい》すらできない。あたしは「へいへい」と返事をして、録画を開始した。「株式会社《かぶしきがいしゃ》　キラリひかる」をふくむ、いくつかの企業《きぎょう》のＣＭ《シーエム》が流れた後、番組が再開《さいかい》した。

「みなさま、おはようございまーす」

白い歯を光らせて、キラリ社長が登場した。黄色のラメ入りスーツが、まぶしすぎる。

「はあ、今日の衣装《いしょう》もすてきねえ」

のぼせあがるママに「どこが」とつっこみを入れたいのを、あたしはぐっとこらえた。

「ようこそいらっしゃいました、キラリ社長。さっそくですが、インタビューを開始しましょう」

女性《じょせい》アナウンサーが、生放送のワイドショー番組をよどみなく進めていく。

「突然《とつぜん》の新曲発表、おどろきました。これまでの曲は全てキラリ社長が作詞《さくし》をなさったそうですが、今回もご自分で作詞《さくし》を？」

「ええ。今度の詞《し》は実話なんです。先日、本当にぼくのカナリアが逃《に》げてしまいましてね。無事に帰ってきてほしいという願いをこめて詞《し》を書き、歌いました」

「まあそうなんですか。キラリ社長のカナリアが、どこかでこの歌を耳にしてくれるといいですねえ」

「はい。聴《き》けば必ず帰ってきます。カナリアはぼくの声をちゃんと覚えていて、ぼくの言うことには絶対従《ぜったいしたが》うんです」

「それなのに、逃《に》げ出《だ》してしまった、と？」

「う、ううっ、それは、ちょっと気持ちの行きちがいがあったみたいで……ぼくはこんなにカナリアを大事に思っているのに」

「あーっ、キラリ社長が涙《なみだ》をうかべてるう。すっごい貴重《きちょう》なシーンだわあ。永久保存《えいきゅうほぞん》のお宝映像《たからえいぞう》よお」

ママがあんまりはしゃぐもんだから、あたしは思わずハードディスクレコーダーを確認《かくにん》した。よかった、まちがいなく録《と》れてる。永久保存《えいきゅうほぞん》のお宝映像《たからえいぞう》とやらを録《と》り逃《のが》したら、一生ママにうらまれそうだもの。

「キラリ社長はお優《やさ》しい方ですねえ」

女性《じょせい》アナウンサーも、ママと同じような顔でほれぼれしている。

「そんなことありません。社長という立場上、ぼくはもっとしっかりしないといけないのですが。こうやってすぐメソメソするものだから、キラリひかるの社員も心配してくれて。みんなでカナリアをさがしてくれてるんです」

「正しくは『さがしてくれてる』じゃなくて『さがさせられてる』だけど」

と反論《はんろん》したのは、パパ。ジャージの上着をめくって、お腹《なか》をポリポリかきながら、リビングに入ってくる。こんなだらしない姿《すがた》を目にしている最中に、

「さすが、キラリ社長の会社は社員のみなさまも素晴《すば》らしいお人柄《ひとがら》なのですねえ」

なんて女性《じょせい》アナウンサーの声が聞こえてくるもんだから、まいっちゃう。素晴《すば》らしいお人柄《ひとがら》ねえ？　出っぱった下腹《したばら》を見せてる、あのパパが。あ、でも、すすんでごみ集積所を掃除《そうじ》してるのは、えらいよね。そう思い、あたしはパパに「おつかれさま」と声をかけた。

「掃除《そうじ》、大変だった？」

「いやあ、それが、みょうなんだ。うちが出す集積所だけ、カラスに荒《あ》らされてないんだよ。まわりの集積所は、いつもどおり散らかってたのに」

え、それ、もしかして……。

『あいつのところの集積所は散らかさないでおくか』

スズメが聞きとってくれたカラスの言葉を、ふと思い出す。

すごい。やっぱり、スズメの通訳《つうやく》は完ぺきだったんだ。

「掃除《そうじ》できなくて拍子《ひょうし》ぬけだったけど、ラクができてよかったかも。カナリアさがしで、つかれがたまってるし」

パパは首をコキコキ鳴らしながら、テレビに映《うつ》るキラリ社長を見た。

「しかし意外だな……キラリ社長がカナリアのことを世間に公表するなんて」

「さてここで、キラリ社長からみなさまに、ビッグニュースがあるそうですね」

女性《じょせい》アナウンサーの明るい声に「はい」とうなずきながら、キラリ社長が切り出した。

「本日から、さまざまな形で『カムバック・カナリア』を無料でご提供《ていきょう》します。当社の訪問清掃《ほうもんせいそう》サービスにお申しこみいただければ、スタッフがお客様のお宅《たく》にうかがう際《さい》、C《シー》D《ディー》をお持ちします。当社のホームページからも、無料でダウンロードできるようにします」

太《ふと》っ腹《ぱら》だね、キラリ社長。パパみたいに、ほんとにお腹《なか》が出てるわけじゃないけど。

「みなさま『カムバック・カナリア』を、どんどん聴《き》いてください。できれば窓《まど》を開けて、大きな音で。日本中、いえ、世界中にこの歌をひびかせて、ぼくの声がカナリアに届《とど》くよう、ご協力ください」

キラリと白い歯を光らせて話をしめくくり、キラリ社長は出番を終えた。あたしはすかさず録画を停止《ていし》した。

「わたしもこのＣＤ《シーディー》ほしいわ。パパ、会社で一枚《まい》もらってきてよ」

ママがおねだりし、パパは「ああ」と気のない返事をした。

パパったら、ぼんやりしてる。つかれてるせいかな。毎日おそくまでカナリアさがしなんかしてたら、大変だよね。キラリ社長ってば、ひどい。自分のペットを社員にさがさせるなんて。どこかへ逃《に》げちゃった鳥を見つけるのなんか、いくらなんでも無理……。

そこまで考えて、あたしはひらめいた。

スズメの歌で、キラリ社長のカナリアをおびき寄《よ》せて……見つけられるかも！

「ねえ、パパ。キラリ社長のカナリアってどんな鳥？」

「へ？　鳥？」パパはきょとんとした。

「うん。色とか大きさとか、教えてよ。あたしもさがして……」

「ちょ、ちょっと待って！」

あたしの話をさえぎって、パパが叫《さけ》んだ。

「なあ、パパがリビングに来る前、キラリ社長はどんな話をしてた？」

「それならまかせて。ちゃんと録《と》ってあるんだから。見る？」

自分で録画したんじゃないくせに、ママは堂々《どうどう》とじまんした。

パパは「見せて」と言って、録《と》りたてほやほやの映像《えいぞう》を再生《さいせい》した。一言も口をきかずにキラリ社長の登場シーンを全て見終え、ようやく納得顔《なっとくがお》になった。

「なるほど。社長の話しぶりだと、カナリアが鳥みたいに聞こえるな」

「えっ？　鳥じゃないの？」あたしとママは声を合わせて聞いた。

「うーん……」パパは首をひねり、声をひそめて言う。

「カナリアのことは、キラリひかるの社員と、一部の関係者しかまだ知らないんだ……だから、よそで言いふらしたりしないでくれるか？」

「しないよね」「ええ、もちろん」あたしとママがうなずき合うと、パパも「うん」とうなずき、打ち明けた。

「あのね、カナリアは鳥じゃなくてロボットなんだ。人型《ひとがた》のロボットだから、正式にはアンドロイドとかヒューマノイドって呼《よ》ぶらしいけど」

人型《ひとがた》のロボットって――真っ先にスズメのことが頭にうかび、あたしはどきっとした。

いっぽうママはくすっと笑う。

「やあねえ、パパったら。大真面目《おおまじめ》な顔で、なにを言いだすかと思ったら、ロボットだなんて」

「ほんとだってば」

パパは少しムキになって、ソファの上にあるかばんを手にした。それは、パパがいつも会社に持っていく通勤《つうきん》かばんだ。ごそごそとかばんの中から、薄《うす》い雑誌《ざっし》みたいなのを取り出し、パパはママに差し向けた。

「ほら、これ。カナリアのパンフレットだよ」

「パンフレット？　……あらっ、かわいい。この子がカナリアなの？」

ママが開いたページに、一枚《まい》の写真がのっている。それを目にした瞬間《しゅんかん》、あたしはさらにどきっとした。

カナリア？　それって……どこからどう見てもスズメだよ！　今のスズメみたいに汚《よご》れたり壊《こわ》れたりはしてなくて、新品ぴかぴかって感じだけど……あっ、左肩《ひだりかた》の肌《はだ》も破《やぶ》れてないから、文字が全部読める。

《code　name　金糸雀》

「なんて読むの、この字？」

あたしが「金糸雀」の漢字を指差すと、パパはすぐに教えてくれた。

「ああ、これ。『金』と『糸』と『雀』で、『カナリア』と読むんだ。難《むずか》しいよね」

肩《かた》に書かれた文字は「雀」だけじゃなかったんだ。読めなかった部分に「金」と「糸」があったなんて……これでもう決定的。スズメはカナリアだってことが。

ぼう然と立ちつくすあたしに、パパもママも気づかない。二人でパンフレットを見ながら、話しこんでいる。

「こんな写真があるなら、さっきテレビで見せたらよかったのに。『このロボットがカナリアです。みなさんもさがしてください』ってキラリ社長が言ったほうが、見つかりやすいと思うけど」

「だめだよ。さっき言ったろ、『カナリアのことは、キラリひかるの社員と、一部の関係者しかまだ知らない』って……おそらく社長は、カナリアがロボットだということは隠《かく》しつつ、カナリアが聴《き》けば帰ってくる歌だけを世間に広めたいんだ」

「えー。どうしてわざわざ隠《かく》すのよ」

「だってカナリアは今、うちの会社で開発中のロボットなんだぞ？　それが開発途中《とちゅう》で逃《に》げ出《だ》したなんて……やっぱり、あんまり印象《いんしょう》よくないだろ？」

と、そこであたしはふと我《われ》に返り、口を開いた。

「清掃会社《せいそうがいしゃ》でロボットを開発して……なにに使うの？」

「そりゃあ、お掃除《そうじ》ロボットとして使うに決まってるじゃない」

すかさずママが答える。でも、スズメはいつも歌うばかりで、掃除《そうじ》をするところなんか、一度も見たことない。

「いや。カナリアは、直接掃除《ちょくせつそうじ》をするわけじゃないよ」

パパは苦笑いをうかべ、出しぬけに質問《しつもん》してきた。

「ヒヨコは、鳥害って聞いたことあるかな?」

「チョウガイ? ううん。初めて聞いた」

「人間が鳥たちから受ける被害《ひがい》のことだよ。鳥に田畑を荒《あ》らされて農作物が台無しになったり、民家に鳥が集団《しゅうだん》で住みついて、干《ほ》したふとんや洗濯物《せんたくもの》がフンで汚《よご》されたり、うるさい鳴き声がそう音になったりね」

なに、いきなり? なんでパパ、鳥害の話なんて始めたの? スズメがお掃除《そうじ》ロボットかどうかって話の途中《とちゅう》だったのに……。

あっけにとられたあたしの気持ちをパパはすぐに察したように、言った。

「鳥害防止《ぼうし》サービスで利用するために、カナリアは開発されたんだよ。今パパの会社で、新たなサービスを開始する計画があってさ」

「鳥害防止《ぼうし》サービス？　そんなの初耳よ……じゃあカナリアは、鳥を捕《つか》まえるロボットってこと？」

ママが目をぱちくりさせる。

『スズメが鳥を捕《つか》まえるなんて、ありえない！』

とあたしはあやうく怒鳴《どな》りそうになって、くちびるをかみしめた。

「ちがう、ちがう」とパパがママに向かって説明する。

「カナリアはただ歌うだけさ。カナリアの歌声には、鳥を引《ひ》き寄《よ》せる効果《こうか》があるからね。鳥たちがカナリアの歌に引《ひ》き寄《よ》せられてるうちに、キラリひかるの社員が手早く鳥害防止《ぼうし》サービスをやっちゃうわけだよ。鳥の巣を移動《いどう》させたり、鳥よけ器具を設置《せっち》したりね」

「ふうん。でもやっぱり鳥にとっては、いい迷惑《めいわく》よね。人間の身勝手で、自分の住みかを移《うつ》されたり、追い出されたりしちゃ、たまらないわよ」

「確《たし》かに、かわいそうだよね。でも、人間と鳥が共存《きょうぞん》していくために必要なことなんだ……って、これはキラリ社長の受け売りなんだけど。ほら」

と言ってパパはパンフレットを指差した。そこには『カナリア開発への想《おも》い』というタイトルが付けられたコメントと、笑顔《えがお》のキラリ社長の写真がのっている。

『カナリア開発への想《おも》い』

現在わが社では、鳥害防止《ぼうし》サービスを計画中です。せまい日本で人間と鳥が共存《きょうぞん》していくために必要なサービスだと、ぼくは考えます。もちろん鳥獣保護《ちょうじゅうほご》の点も充分《じゅうぶん》に考慮《こうりょ》しています。カナリアは歌を用いることで鳥を集め、傷《きず》つけることはありません。カナリアをただの鳥寄《とりよ》せ装置《そうち》の機械にせず、人型《ひとがた》のロボットにした理由は、単純《たんじゅん》にぼくの理想、ロマンです。少年でも少女でもない天使のような子が歌を歌い、鳥たちが集まる。まるで映画《えいが》のワンシーンのように魅力的《みりょくてき》です。

人間と友だちになったカナリアが、人間と鳥の橋わたしをする。それこそがぼくの願いです。

「すごくいいコメントだよな」

パパはほこらしげに言い、ママはうっとりとキラリ社長の写真を見つめた。

「ほんとにキラリ社長は立派《りっぱ》だわあ。早くカナリアを見つけられるといいわねえ」

え……？　ちょっと待って……キラリ社長がスズメを見つけたら……やっぱり、連れていかれちゃうんだよね？

ぎくりとするあたしのかたわらで、パパがため息をこぼした。

「カナリア開発には、ばく大な費用《ひよう》がかかってるからね……カナリアが見つからなきゃ、会社は大損害《だいそんがい》。倒産《とうさん》の危機《きき》かもなんてうわさまで流れてるんだよ」

「倒産《とうさん》っ？」うろたえるママの肩《かた》を、パパは軽くたたく。

「心配しなくても平気さ。キラリ社長は途中《とちゅう》であきらめたりしない人だから。必ずカナリアを見つけて、連《つ》れ戻《もど》すよ」

いやだ、スズメが連れていかれるなんて……でも大丈夫《だいじょうぶ》だよね？　スズメは、だれも来ないひみつの高台にいるんだもん。キラリ社長に見つかるわけないよね……。

不安な気持ちがどんどんふくらんでくる。と、そのとき、

「あー、さっぱりした」

頭にタオルをのせたライニイが、リビングに入ってきた。あたしは反射的《はんしゃてき》にパンフレットをパパのかばんにつっこみ、

「ねえママ、朝ごはんまだあ。あたしお腹《なか》すいちゃったあ。あっ、パパってば、寝《ね》ぐせすごいよ。早く直してきなよお」

とさわいで、ママをキッチンへ、パパを洗面所《せんめんじょ》へそれぞれ向かわせた。

「なにさわいでるんだよ、ヒヨコ」

眉《まゆ》をひそめるライニイに、あたしは「なんでもない」と答える。

スズメがカナリアだってことをライニイが知ったら……パパに言いつけるかもしれない……。と不安な気持ちが止まらなくて、つい隠《かく》してしまった。

「あっそ」

ライニイはつっけんどんな返事をして、それきりなにも聞いてこなかった。

6　逃《に》げろ、ヒヨコ！

パパとママは仕事へ、ライニイは部屋で勉強。家族がいつもどおり行動するのを見届《みとど》けてから、あたしはひみつの高台へ向かった。

途中《とちゅう》、何軒《なんけん》かの窓《まど》を開けた家から『カムバック・カナリア』が流れてくるのを耳にした。さっそく聴《き》き始めてる人がいるんだ。無料提供《ていきょう》の効果《こうか》バツグンみたい。わざわざタダにしてまで、この曲をスズメに聴《き》かせたいってこと？　聴《き》いたらスズメはどうにかなっちゃうのかな。そう言えばさっきテレビで「聴《き》けば必ず帰ってきます」なんて、キラリ社長が自信たっぷりに言ってたっけ。やっぱり怪《あや》しい。この曲はスズメの耳に入れないほうがよさそうだ。

「……ん？」

と、神社の裏《うら》へ足をふみ入れたとき、あたしはふり向いた。背後《はいご》に視線《しせん》を感じたような気がしたんだけど……だれもいない。

何度もふり返りながら、走る。

こわい。ふだんと変わらないひみつの高台への山道が、見知らぬ森に見えてくる。

「気のせいだ、こわくない。気のせいだ、こわくない」

繰《く》り返《かえ》しつぶやきながら走り続けると、やがて、手をふるスズメの姿《すがた》が見えてきた。

「ヒヨコ、いらっしゃい。待ってましたよ」

「わーん、スズメー」

ほっとして泣きだしそうになりながら、スズメにかけ寄《よ》る。

「会えてよかった。ほんとによかったよう」

「どうかしたのですか、ヒヨコ？」

耳元でスズメの声がして、ハッとした。あたしってばいつのまにか、スズメを抱《だ》きしめてる。無事に会えたのがうれしくて、つい。

「な、なんでもないのっ」

あたふたとスズメから離《はな》れた。その拍子《ひょうし》に木の根をふんづけ、ドシンと尻《しり》もちをついてしまう。

ああ、もう、かっこ悪い。感動の再会《さいかい》シーンがぶちこわしじゃないの。

「ふふっ。おかしなヒヨコですね」

スズメの温かな笑顔《えがお》、木もれ日を映《うつ》して光る水色の瞳《ひとみ》、サラリと揺《ゆ》れるやわらかい金髪《きんぱつ》、みんなキラキラかがやいている。こんなにかわいらしいスズメが、清掃会社《せいそうがいしゃ》の……っ
て、やめよう、そんな目でスズメを見るのは。あたしには関係ないことだもん。

「さ、さあ、今日はどんな歌を歌おうか」

気を取り直してデイパックの中からラジカセを出す。それなのに、

「なんでも構《かま》いませんから、早く歌いましょう。ワタシ、歌いたくて、たまりません」

スズメが答えたとたん、あたしは胸《むね》が痛《いた》くなった。

そんなに歌いたくなるのって、鳥害防止《ぼうし》サービスで利用するために開発されたロボットだから？　自分が何者なのか、スズメは少しも覚えてないの？

「ねえ、スズメは昔のこと、覚えてる？」

思わず聞いてしまった。スズメは「ムカシノコト？」と首をかしげる。

「ええと、つまり、あたしとライニイに出会う前、どこでなにをしてたかわかる？」

「検索《けんさく》してみます」

スズメはうなずいた。しばらくだまりこんだ後、あきらめたように首をふる。

「だめです。なにもわかりません。ムカシノコトを検索《けんさく》すると、このあたりの回路が引っかかるような感じがするのです」

と言ってスズメは左手で頭をさする。あたしはふと、スズメの頭にへこみがあったのを思い出した。どこかに頭をぶつけるかなんかして、記憶《きおく》を失ったのかもしれない。

「ムカシノコトがわかるまで、歌はお預《あず》けですか？」

スズメがしゅんとした。あたしはあわてて「そんなことないよ」と首をふる。

「でも今はスズメだけで歌って。あたしはいっしょに歌える気分じゃないから。スズメの歌声を聴《き》かせてほしいの」

「そうなのですか。わかりました。では、ワタシ歌いますね」

スズメはうなずいてから、スウッと息を吸《す》いこんだ。ロボットだから呼吸《こきゅう》なんかしないはずなのに、ちゃんと息づかいが聞こえた。続いて、口が開く。歯や舌《した》が見える。すきとおった声が流れだす。時折、息を吸《す》ったり吐《は》いたりする音も入る。こうして改めて歌うスズメを観察すると、ほんとによくできたロボットだと感心する。どこからどう見ても人間にしか見えない。スズメが歌ってるのは、あたしたちを引き合わせてくれた曲だ。なんだかなつかしくて、あたしは目を閉《と》じる。

初めて出会った日、ここであの歌を歌ってたら、遠くから聞こえたんだよね『ウタイタイ』ってスズメの声が。その声の代わりに、今、遠くから聞こえるのは、鳥の声や羽音。

バサバサ、ピイピイ、チチチチ……。

どんどん近づいてくる！

ハッと目を開けると、すぐそばにたくさんの鳥がいた。昨日は頭上を飛び回るだけだった鳥たちが、今日はスズメの頭や肩《かた》に親しげに留《と》まっている。

ピュルピュル、ピピピ……。

語りかけるような鳥の声に、スズメはうなずいたり、くすっと笑ったりした。それから、あたしに向かって言う。

「見ていてください、ヒヨコ。いいものを見せてあげます」

直後、スズメの口から、高く突《つ》きぬけた声が出た。

「ピイイー、キュルルル、チイチイーー！」

なにこれ。人間の声じゃない。

これって……鳥の声？

スズメの声に導《みちび》かれるように、鳥たちもワッと声を上げた。こんなにいっせいに鳥が鳴くのを聞いたのは、初めて。鳥といっしょにさえずりながら、スズメが人差し指を頭上へ高く向ける。その指を指揮者《しきしゃ》のようにふり始めると、指の動きに合わせて、鳥たちが勢《いきお》いよく羽ばたき、あたしを取《と》り囲《かこ》むように飛び回った。

「わ、わ、な、なに?」

あせるあたしの目の前で、ごちゃごちゃに飛んでいた鳥たちが、次第にきれいな列になっていく。列は四つのグループに分かれ、「フ」「ア」「イ」「ト」とそれぞれ一文字ずつ形を作って並《なら》んだ。

「フ、ア、イ、ト……ファイト、だって! すっごーい」

あたしはきゃあきゃあ歓声《かんせい》を上げた。スズメがうれしそうににっこりする。

「やっと笑ってくれましたね」

「今の、どうやったの? なんか、鳥の声みたいので歌ってなかった?」

「はい。ワタシ、鳥さんたちともおしゃべりできるようになったのです。何度も何度も鳥さんの声を聴《き》き、鳥さんの声をまねして、ようやく鳥語を覚えられました」

「すごいじゃない、スズメ。よく頑張《がんば》ったね」

「ヒヨコのおかげです。ヒヨコが、きっと鳥語をマスターできる、自信持って、と言ってくれたから、ワタシは頑張《がんば》れたのです」

そう言ってほほ笑《え》むスズメの肩《かた》の上で、たくさんの小鳥たちがピイピイさえずる。

「ピピッ？　ピュル、ピュル」

スズメがうなずいてなにか答えた。あたしは「なんて言ったの？」と聞く。

「鳥さんが『ぼくたちお友だちなんだよね』と言うので、『そうですね』って答えました。

仲よくなった相手を、お友だちと呼《よ》ぶのでしょう？　鳥さんたちに教えてもらいました」

「……へえー」

突然《とつぜん》、背後《はいご》から人の声。

あたしはビクッと肩《かた》を上げ、ふり向いた。

「鳥語をマスターしちまうなんて、おどろきだな」

ライニイがゆっくりとこちらへ歩《あゆ》み寄《よ》ってくる。スズメのまわりにいた鳥たちがいっせいに空へ飛びたち、逃《に》げていった。

「な、なんでここに？」とたずねるあたしを無視《むし》して通《とお》り過《す》ぎ、ライニイはスズメの前に立って、言った。

「おまえに会いに来たんだよ、カナリア」

「カナリア？」スズメが首をかしげる。

「やめて！」あたしはあわてて声を上げた。

どうしてライニイがその名を？　一瞬《いっしゅん》考えて、すぐに思いあたった。

「もしかして……今朝の話、聞いてたの？」

「ああ。風呂《ふろ》から出て、リビングに入ろうとしたら、みんなでなんかおもしろそうな話してたから。そのまま立ち聞きしてた」

「そんな」とだけしか、あたしは声が出せなかった。額《ひたい》に汗《あせ》がどっとうかびあがる。

「カナリアとは、なんのことですか？」

なんにも知らないスズメがむじゃきに言う。

「おまえの本当の名前さ。清掃会社《せいそうがいしゃ》が鳥寄《とりよ》せに使うために作ったロボット、それがおまえの正体だ。思い出してみろよ、カナリア。カナリアだよ。カ、ナ、リ、ア！」

ライニイがしつこく呼《よ》びかけるうちに、スズメの様子がおかしくなり始めた。

「カナリア、ワタシ、カナリア……」

しょう点の定まらない目でつぶやき、両手で頭を抱《かか》え、地面にひざまずく。

「アアア、ワタシ、ワタシハ……」

激《はげ》しく全身をふるわせるスズメの肩《かた》を、あたしはがっちりつかんで揺《ゆ》さぶった。

「しっかりして、スズメ、スズメ、スズメ！」

いくら呼《よ》んでもスズメは反応《はんのう》を示《しめ》さない。

こわかった。スズメが壊《こわ》れちゃったんじゃないかって。もう二度と正気に戻《もど》らないんじゃないかって。

「あたしを見て。ヒヨコだよ！」

しつこくそう声をかけると、次第にスズメの視線《しせん》がまっすぐになってきた。うつろな瞳《ひとみ》のまま「ヒヨコ」とささやく。

「ワタシ……わかりました」

「え、わかったって、なにが？」

「ムカシノコト、です。完全に、ではありませんが……お聞かせしましょうか？」

「うん」あたしはごくりとつばを飲み、うなずいた。スズメもうなずき返し、語りだす。

「かべと窓《まど》以外はなにもない、だだっ広いところで、ワタシは毎日、『テスト』というものを受けていました。白い服を着た人たちが、大きな鳥かごからたくさんの鳥さんたちを飛び立たせます。その後、ワタシに歌を歌わせ、鳥さんたちの反応《はんのう》を調べるのです。『目標の時間で、目標の場所へ、何羽の鳥を集められたか』結果を話し合いながら、白い服を着た人たちは、鳥さんたちを乱暴《らんぼう》に捕《つか》まえて、かごの中におしこみます。そしてまた鳥さんたちを飛び立たせワタシにちがう歌を歌わせ、鳥さんたちを集め、捕《つか》まえ……同じことを延々《えんえん》と繰《く》り返《かえ》しました。鳥さんたちが捕《つか》まえられるときの声が、ワタシには『やめて』『痛《いた》い』『苦しい』そう聞こえて仕方ありませんでした。そしてその声を聞くと、なぜかどうしようもなく逃《に》げ出《だ》したくなるのです。だから、ワタシは……」

いったん口をつぐみ、眉《まゆ》をひそめ、スズメは話を続ける。

「どうしたのでしょう、この先の記憶《きおく》は飛び飛びです。確《たし》か、白い服の人たちの前でわめいて、建物から飛び出して……やみくもに走っていたら、ごみの山に突《つ》っこんでしまって、動けなくなりました」

「それから?」とライニイがうながし、スズメはまた話しだす。

「それから……後は、以前ヒヨコに話したとおりです。ごみが重くて動けなくて、どうしようもなかったとき、ヒヨコの歌で元気づけられました。そのおかげで、ヒヨコとライニイに助け出してもらうことができたのです」

あたしは「スズメ」と呼《よ》び、スズメの手をにぎった。それしかできなかった。なにを言ってあげればいいのかわからない。つらい過去《かこ》を思い出してしまったスズメが、かわいそうで。ところがライニイは、冷たい声で「よかった」と言い放った。

「よかったよ、思い出してくれて。ま、そういうことだからさ、おとなしく元いたところへ帰ってくれよな、スズメ」

「え?」ロボットのスズメですらも、目を丸くした。あたしは「なに考えてんの!」とライニイを怒鳴《どな》りつけた。けれどライニイは全くひるまない。

「おまえこそなに考えてんだ、ヒヨコ。スズメが見つからなきゃ、キラリひかるは倒産《とうさん》の危機《きき》かもってパパが言ってただろ。会社がつぶれてパパが無職《むしょく》になったら、お金に困《こま》るんだぜ。当然、おれは私立《しりつ》に行かせてもらえなくなる。そんなのごめんだ」

「なにが私立《しりつ》よっ。ライニイは、スズメより受験のほうが大事なの？」

「当然だろ」ライニイは即答《そくとう》し、腕時計《うでどけい》に目をやった。

「そろそろパパが来るころかな。おれ、ここに来る前にパパの携帯《けいたい》に電話しておいたんだ、カナリアらしきロボットを見つけたって。そしたらパパが『後から行く』ってさ」

「パパが」とつぶやき、あたしはぼう然とした。真っ白くなった頭の片《かた》すみでぼんやりと、スズメとライニイのやり取りを聞く。

「パパというのは、だれのことですか？」

「おれとヒヨコの父親さ。おまえを作った会社に勤《つと》めてるんだ。パパに、会社まで連れて帰ってもらうんだ、いいな？」

「そんなのスズメがかわいそう!」

とっさに叫《さけ》んだら、ライニイにキッとにらまれた。

「スズメがかわいそう? じゃあおれはかわいそうじゃないのか? ずっと受験のために頑張《がんば》ってきたのに、全部むだになってもいいのかよ?」

「よくは……ないけど……」

しどろもどろに答えるあたしを見て、ライニイは眉《まゆ》をハの字にする。

「能天気《のうてんき》でうらやましいよ」

いやみで言ったわけじゃないのだろう、本当にうらやむような口調。

「おまえはそうやっていつも能天気《のうてんき》で、周囲《しゅうい》をなごませるんだよな。明るく冗談《じょうだん》を言って、パパとママを笑わせてさ……でも、おれはだめだ。どうやってパパとママを笑わせればいいか、よくわからない」

こんな弱気なライニイを見るの、初めてだ。

「あたしだって、ライニイがうらやましいよ。頭がよくて、しっかりしてて、寝坊《ねぼう》しないし、部屋は散らかさないし……とにかくなんでもできるもん、ライニイは！」

あたしは無意識《むいしき》のうちにまくしたてていた。

「と、当然だ。バカヒヨッ」

ライニイは耳まで真っ赤になった。よほど照れくさかったのか、「それにしても」と、そっぽを向いて言う。

「パパのネーミングセンスもあなどれないよな。晴れた日に生まれたヒヨコは太陽みたいに明るくて、雷雨《らいう》の日に生まれたライは……」

「ちがうぞ、ライ」

ライニイが話してる途中《とちゅう》で、背後《はいご》から声が聞こえた。

「パパ！」あたしとライニイに同時に呼《よ》ばれ、パパは「おう」と軽く手を挙げて答えた。

それから、語り始める。

「ライっていう名前は、雷雨《らいう》からとっただけじゃない。初めてこの世に自分の子が生まれて、パパはもう、うれしくてうれしくて。まるで雷《かみなり》に打たれて感電でもしたみたいに、体のふるえが止まらなかった。それで、この子の名前はライしかないって思ったんだよ」

優《やさ》しいパパの言葉に、ライニイはなにも答えなかった。ううん、答えられなかったんだ。メガネの奥《おく》の瞳《ひとみ》が赤くなっているのを、あたしは見逃《みのが》さなかったもの。

「ブラボー、ブラボー。その気持ち、よーくわかるよ」

と高らかな声で言い、パパの後ろから現《あらわ》れたのは、今朝テレビで見たばかりの人だった。

「ぼくもカナリアのことを、自分の子のように思っているからね」

黄色のラメ入りスーツと、白い歯を光らせて笑うキラリ社長。背後《はいご》には、ノートパソコンやら、見たこともない機材やらを持った、白衣姿《はくいすがた》の人たちを大勢《おおぜい》引きつれている。

今ここにママがいたら、気絶《きぜつ》するほど喜《よろこ》んだだろうな。本物のキラリ社長が、目の前にいるんだもの。

「どうしてキラリ社長が？」

ライニイがぽかんとしている。パパ以外の人が付いてくるなんて、ライニイも聞かされてなかったようだ。

「上司の命令なんだ。うちの子がカナリアらしきロボットを見つけたようだから見に行かせてくださいって報告《ほうこく》したら、『社長も同行するからご案内しなさい』って、さ」

ばつが悪そうにパパが説明する。ほんとはパパも一人で来たかったのかもしれない。

「カナリアのGPS《ジーピーエス》機能《きのう》がいかれてるみたいで、捜索《そうさく》に手こずっていたが……まさかこんな近場にいるとはな」

そう言いながらキラリ社長は、スズメの前に仁王立《におうだ》ちした。

「ようやく会えたね、カナリア。そんな服着てるから、一瞬《いっしゅん》だれかわからなかったよ」

「ワタシも……あなたがだれかわかりません」

「なんだと？　……フン。しらばくれていられるのも、今のうちだ。この歌を聴《き》けば、ぼくのことを忘《わす》れたふりなんかできないぞ」

キラリ社長が「ミュージック、スタート！」と突然叫《とつぜんさけ》び、指をパチンと鳴らした。

白衣姿《はくいすがた》の人たちがあわただしく、スピーカーを引《ひ》っ張《ぱ》り出し、キラリ社長にマイクを持たせ、ほどなく『カムバック・カナリア』の前奏《ぜんそう》が始まった。キラリ社長がノリノリでお

どり、歌いだす。

「聴《き》いちゃだめ。耳をふさいで！」

あたしはあわててスズメに言った。だけどスズメは涼《すず》しい顔。

「この爆音《ばくおん》では、耳をふさいでも聞こえます。でも、なぜです？　この歌を聴《き》いたら、なにか問題でもあるのですか？」

「問題って……どうかなあ」

そんなのあたしにもわからない。けど、なにかしらスズメによくないことが起こると思ったのに。

いくら曲が進んでもスズメはてんで平気だった。「耳障《ざわ》りな歌ですね」なんて、迷惑《めいわく》そうにするだけで、なんの変化もない。

「ええーい、やめ、やめえ！」

キラリ社長がマイクを放り投げ、白衣姿《はくいすがた》の人たちをにらみつけた。

「どうなってるんだ。カナリアはぼくの声に絶対従《ぜったいしたが》うはずだろ。ぼさぼさしてないで、さっさと調べろよ。おまえらそれでもカナリアの開発者か！」

「申《もう》し訳《わけ》ありませんっ」

開発者たちは、あわてて機材をいじくり、『カムバック・カナリア』の伴奏《ばんそう》を止めた。

そして、スズメにかけ寄《よ》り、脳天《のうてん》からつま先までくまなくチェックしながら、言う。

「頭部や腕《うで》などに、じゃっかんの破損《はそん》が見られます。そのため、GPS《ジーピーエス》や記憶装置《きおくそうち》に異《い》常《じょう》が発生したものと思われますが、さほど大きな問題はなさそうです。全身の機能《きのう》は問題なく動作しています」

「記憶装置《きおくそうち》がいかれたか……ほんとにぼくのことを忘《わす》れてしまったんだな」

キラリ社長はくやしげにつぶやいた後、スズメにほほ笑《え》みかけた。

「でも心配いらないよ、カナリア。修理《しゅうり》をすれば大丈夫《だいじょうぶ》だ。さあいっしょに帰ろう」

スズメは返事もせずに、サッとあたしの背中《せなか》の後ろに隠《かく》れる。キラリ社長は小さく舌打《したう》ちした。

「チッ、めんどうだ。強制終了《きょうせいしゅうりょう》してくれ」

「先ほどからやろうとしているのですが、だめです。コマンドを受け付けません」

機材をがちゃがちゃやりながら、おろおろする開発者たち。それを見たキラリ社長はさらにいらだった。

「だったらおまえらの手で回収《かいしゅう》しろ！」

「はいっ」と返事をし、開発者たちがいっせいに手をのばしてくる。「やめて」とあたしが口を開くよりも早く、スズメが言った。

「やめてください。ワタシ、行きたくありません。行ったら、あなたたちはまた、ワタシを『テスト』するんでしょう。そんなのもういやなんです。それに……」

大きく息を吸《す》いこんでから、続ける。

「それにワタシ、ヒヨコやライニイとお別れしたくありません！　二人とも、ワタシの大事なお友だちなんです！」

「お、お友だち？　べ、別におれは……友だちだなんて思ってねえぞ」

ライニイが頬《ほお》を赤らめ、なにやらもごもご言いだした。

「でも……でもおれ、なんて言うか……おまえの歌は、割《わり》と好きだぜ……一度しか聴《き》いたことねえのに、耳に焼きついてる……」

「ふふっ。ほんとはライニイもスズメのこと友だちだと思ってるんでしょ」

あたしが少し笑ったら、なぜかキラリ社長まで笑った。

「ハハッ。スズメって、カナリアのことかい？　みょうなあだ名付けて、友だちごっこするのはやめてくれよ。くだらない」

「え？」とパパが声をこぼした。あ然とした顔で、キラリ社長を見る。

「どうして、くだらないなんて……『人間と友だちになったカナリアが、人間と鳥の橋わたしをする』それが、社長の願いでしょう？」

パパが口にしたのは、スズメのパンフレットにのってたキラリ社長のコメントだ。確《たし》か『カナリア開発への想《おも》い』とかいうタイトルで……パパもママもべたぼめしてた。

「ハハハッ。あんなコメント、うそに決まってるだろ。カナリアのパンフレットは取引先の企業《きぎょう》にも配ったからね。わざと感動的なコメントを書いただけだ」

キラリ社長は悪びれもせずに言う。パパの顔がサアッと青ざめ、全身が小刻《こきざ》みにふるえだした。

「そんな……社長は、平気でうそをつく人だったんですか……」

「なんだよ。うそをつくのが気に食わないのか？　じゃあほんとのことを言ってやろう。ぼくは、カナリアに人間と友だちになってほしいなんて思ってない。一刻《いっこく》も早く、支配者《しはいしゃ》になってほしいんだ」

なに？　今なんて言った？　司会者……じゃないよね？　もしかして……支配者《しはいしゃ》？

唐突《とうとつ》なキラリ社長の発言に、あたしは混乱《こんらん》した。そのすきにキラリ社長は素早《すばや》く右手をのばし、ライニイの胸《むな》ぐらをつかんだ。

「ほら、カナリア！　おまえの大事なお友だちを捕《つか》まえたぞ！　助けに来いよ！」

「だめだ！　来たらスズメも捕《つか》まる！」

キラリ社長とライニイがほとんど同時に叫《さけ》んだ。そして、ライニイは「ちくしょう！」とわめき、じたばた暴《あば》れる。

「まあまあ、落ち着いてくれたまえ。ほんのちょっとの間、人質《ひとじち》になってくれるだけでいいんだから」

とキラリ社長が愛想笑《あいそわら》いでたしなめても、ライニイは聞く耳を持たない。

「ふざけんな、うそつきヤロー！」

「なんだと、このガキ！」

ブンッとキラリ社長が左手をふり上げ、ライニイをビンタしようとする――瞬間《しゅんかん》、パパが勢《いきお》いよくかけ出し、キラリ社長を羽交《はが》いじめにした。

「なにをするっ、放せ！」

キラリ社長はもがきつつ、意地でもライニイの胸《むな》ぐらを放さない。

「うるさいっ。あんたこそ、ライを放せ！」

パパが目をつり上げて怒《ど》鳴《な》り、キラリ社長もひるまず怒《ど》鳴《な》り返す。

「なんだその口のきき方は！　会社をクビにするぞ！」

「望むところだっ。こっちから辞《や》めてやる！　もうあんたには付いていけないっ。立派《りっぱ》な人だと信じてたのに……ライの言うとおり、うそつきヤローだ！」

信じられない……パパが、キラリ社長とけんかしてる。いつもおっとりしてて、優《やさ》しいパパが……。

あたしはぼう然と立ちつくした。目の前で起きてるさわぎが全部、夢《ゆめ》の中のできごとみたい。

「スズメを連れて逃《に》げろ、ヒヨコ！」

ライニイがキラリ社長につかまれたままわめいても、

「ヒ、ヒヨコ……」

スズメが背後《はいご》でとまどった声をこぼしても、あたしは立ちつくすばかりで――。

「バカヒヨ！　ぼけっとすんな！」

と、毎日聞かされてるライニイの「バカヒヨ」で、ようやく正気に戻《もど》った。

これは夢《ゆめ》でもなんでもなく現実《げんじつ》だ。ぼけっとしてちゃ、だめなんだ。

「逃《に》げるよ、走って！」

スズメの手を引いて、かけ出そうとする。なのにスズメが、首を横にふる。

「でも……ライニイを置いていけません」

「いいんだ、スズメ！　さっき言ったろ、おれ……おまえの歌が好きなんだ。だから、いつまでも自由に歌っていてほしい！」

ライニイが一息にまくしたて、ようやくスズメも動き出す気になってくれた。

「ありがとうございます、ライニイ」

とおじぎをしてから、あたしの目を見て力強くうなずく。あたしもうなずき返し、二人で手をつないでかけ出した。

「逃《に》がすなっ」「捕《つか》まえろっ」

口々に言いながら、開発者たちがあたしとスズメの前に立ちはだかる。

「ど、どうしよう」

行く手をはばまれてとまどうあたしに、スズメがそっと耳打ちした。

「ヒヨコ、耳をふさいでください」

「え？　う、うん」

なんだかわからないけど、とにかく言われたとおりにした。つぎの瞬間《しゅんかん》、

「ビイイイイーッ！」

スズメの口から聞いたことのない声が出た。空気を切りさくような、するどい声。

「うわあ、耳がっ」

開発者たちが身もだえする。この超音波《ちょうおんぱ》みたいな声をもろに聞いちゃったら、たまらないだろう。あらかじめ耳をふさいでたあたしはなんとか平気だったけど。

「ひいっ、なんだ、こいつらは」

さらに今度は、上空から鳥たちが飛んできて、開発者たちにおそいかかった。くちばしでつついたり、足でけったり、激《はげ》しく攻撃《こうげき》。きっとスズメが鳥語で助けを求めたんだ。

「おおっ、これは、もしや！」

背後《はいご》でキラリ社長が叫《さけ》ぶのが聞こえた。

なにが「もしや」なんだろう。あんなにうれしそうな声で。自分の仲間が鳥におそわれ

て、ピンチだっていうのに。あたしがいぶかしんでいるうちに、スズメのまわりにもたくさんの鳥たちが集まっていた。くちばしでスズメの服をつかみ、ぐいぐい引《ひ》っ張《ぱ》っている。

「鳥さんたちが、『道案内するから付いてきて』ですって。行きましょう、ヒヨコ」

スズメにうながされて、あたしも走り出す。

「素晴《すば》らしいっ。おまえの進化は見せてもらったぞ、カナリアー！」

キラリ社長の叫《さけ》び声が背後《はいご》で遠ざかっていった。

7　いっしょに歌いたい

あたしとスズメは鳥たちの後を追って、山道をかけ登った。ひみつの高台から、スズメと出会ったごみの山を通《とお》り過《す》ぎ、どんどん山奥《やまおく》へ入っていく。ほんとに上へ逃《に》げてきてよかったのかな。山を下りて町の中にまぎれたほうが安全じゃなかったのかな。

あたしは不安になった。でもスズメは迷《まよ》うことなく、走り続けている。そうだ、今はただ突《つ》き進《すす》むしかない。立《た》ち並《なら》ぶ木々の合間をぬうように、どれくらい走っただろう。いつしかあたしたちは切り立ったがけの上に立っていた。

ついに、山の頂上《ちょうじょう》へたどり着いてしまったらしい。眼下《がんか》に広がる町は、ひみつの高台から見るよりもずっと小さく見える。

「行き止まりだよっ。これじゃあ逃《に》げられないじゃんっ」

じだんだを踏《ふ》むあたしのまわりを、鳥たちが飛び回る。ピイピイ鳴きながら、なにかをうったえてるみたい。スズメがふむふむとうなずきながら、鳥たちの言葉を聞きとる。

「ちゃんと逃《に》げ道《みち》があるから大丈夫《だいじょうぶ》ですって」

「逃《に》げ道《みち》って……どこに？」

「えーっと」スズメはまたうなずきながら、鳥たちの言葉を聞きとる。

「鳥さんたちが、とっておきの逃《に》げ道《みち》を用意してくれるそうです。そのためには……ワタシが歌を歌わなきゃならないんですって」

「歌？　なんで？」

「さあ。逃《に》げ道《みち》を用意するには、鳥さんたちがまとまって行動しなきゃならないらしいのですが……ワタシが歌で指揮《しき》をとらないと、うまくまとまれないようです。なぜなのでしょうね」

タタタタタ……ッ！

と、そのとき、走る足音が聞こえ、あたしとスズメはとっさにふり向いた。背後《はいご》からキラリ社長が猛《もう》スピードでかけ寄《よ》ってくる。両手で胸《むね》の前になにかを抱《かか》えてるのが見えて、えっ……なに持ってるの？

あたしはぎくりとして立ちすくむ。

「危《あぶ》ないっ、ヒヨコ！」

スズメがあたしを突《つ》き飛《と》ばすと同時に、キラリ社長が抱《かか》えていた物をバサッとスズメに投げつける。

それは、緑色の大きな網《あみ》だった。瞬《また》く間にスズメは全身に網《あみ》を巻《ま》きつけられ、もんどりうって地面に倒《たお》れた。

「フフフ。どうだい、カナリア。頑丈《がんじょう》な網《あみ》だろう？　これは我《わ》が社が、漁網会社《ぎょもうがいしゃ》と共同開発した鳥害防止《ぼうし》用の網《あみ》でね。ちょっとやそっとじゃ破《やぶ》れないようにできているんだ」

キラリ社長はにやりと笑いながら言い、手に持った網《あみ》をあたしのほうへ見せつける。

「きみの父上と兄上も、今ごろこれと同じ網《あみ》の中にいるはずさ。彼《かれ》らには手こずらされた

がね、なんとか開発者たちに取《と》り押《お》さえてもらったよ」

「そ、そんな……」

あたしはなすすべもなく、おろおろするばかり。鳥たちも困《こま》ったようにあたしのそばでぐるぐる飛び回るばかり。

「ううっ、出してくださいっ」

「おとなしくしろっ」

網《あみ》の中でのたうち回るスズメの背中《せなか》に、キラリ社長が馬乗りになった。スズメが激《はげ》しくもがく。もがけばもがくほど網《あみ》がこんがらがって、余計《よけい》にからまっていく。

「こ、こうなったら。ピイ……」

鳥の声を出しかけたスズメの頭を、キラリ社長が手で押《お》さえつけた。スズメはあごを地面に打ちつけられ、口を閉《と》ざした。キラリ社長がほっとため息をつく。

「鳥に助けを求めようとしただろう。全く油断《ゆだん》がならないな、支配者《しはいしゃ》となったおまえは」

「支配者《しはいしゃ》……？　確《たし》か、さっきもそんなこと言って……」

独《ひと》り言《ごと》みたいにつぶやいたあたしに、

「ヒヨコくん、だったかな？　きみは」

キラリ社長が問いかけてきた。あたしはだまってうなずく。キラリ社長は「では、ヒヨコくん」と改めて切り出した。

「きみも見ただろ？　野生の鳥が、カナリアの言いなりになるのを。カナリアがあんなことをできるのは、鳥の支配者《しはいしゃ》になったからなんだよ」

確《たし》かに見た。鳥たちが「ファイト」って文字順に並《なら》んで飛んだり、開発者たちを攻撃《こうげき》したりするのを。

「鳥の支配者《しはいしゃ》って……どういうこと？」

「ぼくはね、開発者たちに命じて、カナリアが鳥の支配者《しはいしゃ》へと進化していくように、作らせたんだよ。カナリアに学習機能《がくしゅうきのう》を付け、鳥の言葉を学ばせ……やがて、学んだ鳥語で、鳥を意のままに操《あやつ》る支配者《しはいしゃ》となるように」

「ちがいます。ワタシはただ、鳥さんたちと仲よくしたいだけ……」

とスズメが口をはさみ、キラリ社長は鼻息を荒《あら》らげた。

「そこがおまえの失敗点だ！　おまえは『鳥を支配《しはい》したい』という欲求《よっきゅう》を持ち、進化していくはずだった。なのに、実用テストを繰《く》り返《かえ》すうちに『鳥と仲よくしたい』などと、まちがった方向へ感情《かんじょう》プログラムが働きだし、ついには逃《に》げ出《だ》すありさま……」

そこでいったん口をつぐみ、呼吸《こきゅう》を整えてから、続ける。

「だが安心しろ、カナリア。感情《かんじょう》プログラムを修正《しゅうせい》すれば、もっと立派《りっぱ》な支配者《しはいしゃ》になれるからな」

「スズメを支配者《しはいしゃ》にして……どうするつもり？」

あたしはごくりとつばを飲み、たずねた。

「ビジネスさ」とキラリ社長は迷《まよ》うことなく答える。

「カナリアは鳥を意のままに操《あやつ》って鳥害を起こし、キラリひかるの社員は鳥害防止《ぼうし》サービスを行う……そして、再《ふたた》びカナリアは鳥害を起こし、キラリひかるの社員はサービスを行う……それを延々《えんえん》と繰《く》り返《かえ》すんだ」

「いやです、そんなの！」

スズメがわめき、またもがき始めた。

「だまれ！」

キラリ社長は素早《すばや》くスーツのポケットから黒い布《ぬの》の袋《ふくろ》を取り出し、スズメの頭にズボッとかぶせる。

「やめてっ。そんなことしたら、息が！」

あわてて叫《さけ》んだあたしの耳に飛びこんできたのは、

「ヒカリ、ブソク、ヒカリ、ブソク」

と袋《ふくろ》の中からひびくスズメの機械的な声。

そうか。スズメの場合、酸素《さんそ》不足じゃなくて、光不足になっちゃうんだ。あの真っ黒な袋《ふくろ》の中に、光が入りこむはずがない。

「ヒカ……リ……ブソ……ク……」

スズメの体はどんどん動きがにぶくなり、やがて、弱々しくふるえるだけになった。

「フフフ。鬼《おに》ごっこは終わりだ。帰るぞ、カナリア」

「だめっ。スズメは連れていかせない！」

あたしはキラリ社長の肩《かた》を強くつかんだ。キラリ社長は「ふうん」と品定めするような目で、あたしを見る。

「カナリアをぼくに連れていかせずに、どうするつもりだい？　答えたまえ、ヒヨコくん。きみはさっき、スズメを支配者《しはいしゃ》にしてどうするつもりかとぼくに聞いたのだから」

え……？　どうするって。そんなこと急に聞かれても……。

「あたしは……これからもずっと、スズメといっしょにいるつもりだよ」

とまどいながら答えたとたん、キラリ社長がプッと笑った。

「へえ。じゃあこれからもずっと、カナリアはぼくから逃《に》げられないね」

「な、なんでそうなるの！」

「そんなこともわからないのかい？」と、キラリ社長は人差し指をあたしの鼻先に突《つ》き付《つ》ける。

「簡単《かんたん》なことさ。ぼくは、家でも学校でもきみをずっと監視《かんし》して、きみがカナリアに会ったら、捕《つか》まえる……だから、きみといっしょにいるかぎり、カナリアは絶対《ぜったい》に逃《に》げられないんだ」

「ひ、ひどい……」

「ひどいだって？　甘《あま》ったれるのはよしてくれよ。どうしてもカナリアといっしょにいたいなら、家も学校も全て捨《す》てて逃《に》げる覚悟《かくご》を決めたまえ」

家も学校も全て――その言葉を聞いたとたん、頭の中に次々とうかんできた。パパやママやライニイの顔。それに、住みなれた家や通《かよ》い慣《な》れた学校の風景。

全て捨《す》てる？　そんな……そんなの無理。

「……うぅ……」

おえつと涙《なみだ》が、勝手にこぼれだす。

ごめん、スズメ。あたしには捨《す》てられない。スズメのことが大事なのに……いっしょに逃《に》げられない。ごめんね、スズメ。

「……コ……」

と、そのとき、なにか聞こえた気がした。

「……ヒ……コ……」

やっぱり、なにか聞こえる。あたしは涙《なみだ》を流し続けながら、耳をすませる。

「……ヒヨ……コ……」

これは、あたしを呼《よ》ぶ声――そう気づいた直後、

「ヒヨコオォォーッ！」

スズメが叫《さけ》んではね起きた。スズメの背中《せなか》に馬乗りになっていたキラリ社長はあっけなく地面に放り出され、目を丸くする。

「なっ、なぜだ？　光をさえぎられたのに、なぜ動けるんだ、カナリア！」

「ヒヨコの声が聞こえて……力がわいてきたんです」

と答えながらスズメは立ち上がった。全身に網《あみ》がからみつき、頭には黒い袋《ふくろ》をかぶされたまま、それでもしっかりとあたしのほうを見る。

「『ごめん』なんて言わないでください、ヒヨコ」

「……え？」

あたしは口を半開きにした。心臓《しんぞう》がドキンと大きな音をたてる。スズメは優《やさ》しい声で話し続ける。

「『大事』と言ってもらえただけで、ワタシは満足です」

「ちょ……ちょっと待って。『ごめん』も『大事』も、あたし、心の中で言ったんだよ？なのに、どうして……」

「どうしてでしょう……心の中の声も、聞こえたのでしょうか」

スズメは小さく首をかしげて言い、

「キュイイーッ！」

と、いきなり甲高《かんだか》い声を出した。

「うわあ！」キラリ社長はとっさに両手で耳をふさぐ。でもあたしは身動き一つせず、考えこんでいた。

心の中の声も聞こえた？　もしかしたら……スズメは、あたしの思考とかも感知できるのかもしれない。

「ピイピイ！」「チーチチ！」「カアカア！」

鳥たちが、スズメの甲高《かんだか》い声につられたようにさわぎ出した。さわがしく鳴きながら飛び、サッと三つの群れ――小さい鳥たちの群れ、中くらいの鳥たちの群れ、大きい鳥たちの群れ――に分かれる。

「くそおっ、なにをする気だ、カナリア！」

キラリ社長が血相を変え、スズメにつかみかかろうとした。瞬間《しゅんかん》、鳥たちがいっせいに羽ばたいた。小さい鳥たちの群れは一目散にキラリ社長に突進《とっしん》、くちばしで激《はげ》しくつつきまくる。

「いてててっ、やめろおー！」

キラリ社長が頭を抱《かか》えてうずくまり、そのすきに、中くらいの鳥たちの群れはスズメの頭をおおう黒い袋《ふくろ》をくちばしでくわえてぬき取った。大きい鳥たちの群れはスズメの全身

にからんだ網《あみ》をくちばしでくわえてきれいにほどき、
ビュンッ、ビュンビュンッ！

ほどいた網《あみ》をくちばしにくわえたまま四方八方に飛び回り、キラリ社長のつま先から脳《のう》天《てん》まで、網《あみ》でグルグル巻《ま》きにした。あっという間のできごとだった。

あたしが考えこんでいるうちに、キラリ社長はミノムシのようにしばりあげられ、スズメはさりげなく言う。

「ワタシが逃《に》げるまで、おとなしくしていてください」

そのさりげない一言は、キラリ社長に向けられたようにも、あたしに向けられたようにも聞こえた。

「『ワタシが逃《に》げるまで』じゃなくて、『ワタシとヒヨコが逃《に》げるまで』でしょ？」

あたしもさりげないふりで言ってみる。けど、スズメはなにも答えず、ふいっと歩き出す。「ねえったら！」あたしは鼻息を荒《あら》らげ、スズメに付いていく。

「待ってよ、スズメ！　あたしが『いっしょに逃《に》げられない』って心の中で言ったの、聞いちゃったんでしょ！　だからって……一人で行かないで！」

「……いいえ」

スズメががけのふちで立ち止まり、ゆっくりとこっちを向く。泣き笑いのような顔で、

「ワタシ一人じゃありません。鳥さんたちがいっしょですから、心配いりませんよ」

言うが早いか、鳥の言葉で歌いだす。

♪ピュルルウ　ピュルル　チチチ　チチ

どうして急に歌うのか、わからない。けど、あたしはうっとりと聴《き》き入《い》ってしまう。

だって、あんまりきれいな声だから。

一羽、また一羽と、鳥たちが集まりだした。空の上や、木の合間から次々に鳥が飛んできて、数え切れないほどの大群になり、スズメの足元に集まる。

♪フィチー　フィチチ　チョチョチョチョ

スズメがさらに歌い、

♪フィチー　フィチチ　チョチョチョチョ

鳥たちもまねして歌う。輪唱のように始まった歌は次第にぴったりと重なり、盛大《せいだい》な合唱となってひびきわたる。

「ヒヨコも歌ってください」

スズメが出しぬけにさそってきた。歌に聴《き》き入《い》っていたあたしは、あわてて首をふった。「ええっ？　無理だよ。あたし、鳥の言葉わかんないもん」

「言葉なんて、なんでもいいんです」

スズメは当然のように言い、再《ふたた》び鳥語で歌いだす。

「な、なんでもいいって言われても……」

……悩《なや》んでいても始まらない。この大合唱に参加しないなんて、なんだかもったいない。とにかく適当《てきとう》に歌ってみよう。

♪ワワワワー　ラララーン　ルールルー
♪チチチチー　ピルルールル　キーキキー

適当《てきとう》な言葉で、しかもオンチなあたしの歌に、スズメと鳥たちが合わせてくれた。はずかしい。でもうれしくて、

♪ルンルルーン　ランラララーン　ルラララー！
♪ピイピピーイ　チュンチチーチ　クカカカー！

あたしは歌声を大きくし、スズメと鳥たちも歌声を大きくした。

気持ちいい！　歌うのってやっぱり……楽しい！

夢中《むちゅう》になって、あたしは幾度《いくど》も歌う。鳥たちは歌いながら、せわしなく飛び回る。最初はぐちゃぐちゃに飛ぶだけだったのが、いつしかみんなまとまって、ググッ……ググッ……と、身を寄《よ》せ合い、行列を作っていく。

鳥たちの行列はみるみるうちに長くなり、スズメの足元から空のかなたへ向かって、まっすぐのびた道になる——それはまさしく、

「とっておきの……逃《に》げ道《みち》！」

あたしははっと息を飲んだ。

ああ……どうして気づかなかったんだろう。スズメが歌うのは、逃《に》げ道《みち》を用意するためなのに。用意ができたらきっと……スズメは鳥たちといっしょにどこかへ行っちゃうのに。

「やめないで、ヒヨコ」

スズメがまっすぐに見つめてくる。

「歌い続けてください。ヒヨコの歌はワタシに元気をくれますから。歌でワタシを見送ってほしいんです」

見送るなんていや、とは言えなかった。すみきった水色の瞳《ひとみ》で見つめられたら、言えっこなかった。ぎゅっとこぶしをにぎりしめ、あたしは歌い始める。

♪ラ……ラララ……ルル……

声がふるえる。なにを歌えばいいの？　見送りの言葉なんて、思い付かない。

スズメは小さくうなずき、背《せ》を向けた。逃《に》げ道《みち》の上に、つま先をのせる。

頑丈《がんじょう》な道だ。スズメがのってもびくともしない。力強く羽ばたく鳥たちの上を、スズメはだまって歩き出す。

「ス……！」

スズメ！　と叫《さけ》びそうになるのをこらえ、あたしは歌い続ける。今叫《さけ》んだら、もう歌えない……歌い続けなきゃ。だけど叫《さけ》びたい！

♪ス……ズメ　スーズメ　スズ　スズメェー！

めちゃくちゃな声が口からこぼれた。叫《さけ》んだのか歌ったのか自分でもわからない。「叫《さけ》び声」と「歌声」の中間みたいな声。

♪スズメェー　あたしはぁー　もっとぉー　もっとおぉー！

もう止まらない。伝えたい言葉が歌になって、お腹《なか》の底からこみ上げてくる。

♪スズメといっしょにいぃー　歌いたいぃーっ！

スズメは立ち止まらず、ふり向きもせず、歌いだす。

♪もっともっとー　いっしょに歌いましょーう　またいつかー

晴れやかに歌いながら、スズメは歩き続ける。

♪ルヴニール　ルヴニール　ルヴニール　ルヴニール……

不思議な言葉が繰《く》り返《かえ》しひびく。スズメの歌声も後ろ姿《すがた》も、ゆっくりゆっくり遠ざかり、空のかなたへ吸《す》いこまれるように消えていく。

「るぶにーる……」

あたしはそっとつぶやいた。

「るぶにーる、るぶにーる、るぶにーる」

スズメがくれたその言葉を決して忘《わす》れたりしないように、何度も何度もつぶやいた。

8 ルヴニール

春休みが終わり、あたしは五年生に、ライニイは六年生になった。

パパは「キラリひかる」を辞《や》めて、別の清掃会社《せいそうがいしゃ》に就職《しゅうしょく》した。新しい会社でも、毎日バリバリ掃除《そうじ》をして、頑張《がんば》ってるみたい。

スズメにいなくなられた後も、「株式会社《かぶしきがいしゃ》　キラリひかる」は倒産《とうさん》しなかった。

新曲『カムバック・カナリア』や、今までのCM《シーエム》ソングなどを収録《しゅうろく》したアルバムCD《シーディー》『キラリひかるソング集』を発売したところ、それが飛ぶように売れた。おかげでカナリアの開発にかかった費用《ひよう》もだいぶ回収《かいしゅう》できた――と、あたしに教えてくれたのは、キラリ社長本人。キラリ社長はまだスズメを連《つ》れ戻《もど》すのをあきらめてない。「カナリアは来て

いないか」と言いながら、あたしんちの玄関先《げんかんさき》にちょくちょく姿《すがた》を見せ、

「全く、カナリアのやつめ。ＧＰＳ《ジーピーエス》機能《きのう》が壊《こわ》れたままいなくなられたんじゃ、さがしようがない。なあヒヨコくん、あのときカナリアはどうやっていなくなったんだ！」

と、しつこく聞きたがる。スズメが逃《に》げたときの状況《じょうきょう》を、キラリ社長はなんにも知らない。頭まで網《あみ》でグルグル巻《ま》きにされて、ほったらかしにされていたからね。

「鳥たちといっしょに消えちゃったんだってば」

あたしはそれしか教えない。キラリ社長は「どこへ？　どんなふうに消えた？」とむきになる。けれど、そのあたりでいつもママとライニイが現《あらわ》れ、

「キャアー、キラリ社長っ、よくいらっしゃいました！　さあさあ、上がって。お茶をお出ししますわ！」

「お、奥様《おくさま》。お気づかいなく。ハハハ……」

ママは強引《ごういん》に、苦笑いのキラリ社長をリビングへ引きずっていく。

「ったく。うるさくて勉強になりゃしない」

ライニイは顔をしかめつつ、

「しょうがねえなあ。ちょっと付き合えよ、ヒヨコ」

あんまりしょうがなくなさそうな口ぶりで、さそってくる。


ひみつの高台は、相変わらずあたしのお気に入りの場所。

最近ライニイは、あたしといっしょにまたここへ来るようになった。

「勉強の息ぬきに来てるだけだからな」

なんてにくまれ口をたたきながら、空を飛ぶ鳥たちを見上げ、ため息をこぼす。

「スズメのやつ、今ごろどうしてるんだろう」

「さあ……でも、心配いらないってスズメが言ってたよ。鳥たちがいっしょだから一人じゃないって」

「べ、別に心配なんかしてねえけど」

頬《ほお》を赤らめるライニイに、あたしはくすっと笑いかける。

「あたしも心配してないよ。またいつかスズメといっしょに歌えるって信じてるから」

「ふうん。ま、バカみたいに信じてるほうが、バカヒヨらしくていいんじゃねえの」

「もうっ、いじわる」

くちびるをとがらせつつ、あたしはめげずに語る。

「あのね、あたし、合唱クラブに入るって決めたんだ。歌うのってやっぱり楽しいし……顧問《こもん》の先生に、聞きたいこともあるしさ」

「そりゃもちろん、『どうやったらオンチがなおりますか』って聞くんだろ？」

「もうっ、もうっ、もうっ、ライニイってほんとにいじわる！」

だから、聞いてあげない。あたしが聞きたいことの答えを、物知りなライニイなら知ってるかもしれないけど……いじわるだから、聞いてあげない！

そして、合唱クラブの初練習の日。あたしは放課後の音楽室に、ドタバタとかけこんだ。

「あらあら、ずいぶんはりきって。あなたがいちばん乗りよ。えっと……新入部員さんよね？」

鈴木《すずき》先生が、目をぱちくりさせる。

合唱クラブの顧問《こもん》で、音楽専任《せんにん》の鈴木《すずき》先生とは、今日が初対面。四年生までは担任《たんにん》の先生が音楽の授業《じゅぎょう》をしてくれたから、鈴木《すずき》先生に接《せっ》する機会はなかったんだ。

「はいっ、今日からよろしくお願いします」

あたしはぺこっと頭を下げ、鈴木《すずき》先生はにっこりほほ笑《え》んだ。

「こちらこそよろしく。元気な子が入部してくれてうれしいわ。でも、ちょっと早く来すぎちゃったかな？　まだ練習が始まる時間じゃないわよ」

「いいんですっ。あたし、聞きたいことがあって来たので」

「まあ、なにかしら。先生が答えられることだといいけど」

答えられるはず――どきどきしながら、あたしは切り出す。

「先生。『るぶにーる』の意味、わかりますか？」

スズメがくれた言葉の意味をどうしても知りたい。でも、『るぶにーる』なんて、辞書にはのってなかった。こんな言葉、ほんとはないのかも。もしかしたら、聞きちがいだったのかも……不安を抱《いだ》きつつ、あたしには一つの予感があった。

たぶん、『るぶにーる』は音楽用語だ。スズメが口にしたんだから、そうにちがいない。音楽専任《せんにん》の鈴木《すずき》先生なら、きっと答えてくれる。

「るぶにーる?」

鈴木《すずき》先生は小首をかしげた後、すぐにうなずく。

「ああ。音楽用語の『ルヴニール』ね。『再《ふたた》び戻《もど》る』って意味よ」

「ふ、た、た、び、も、ど、る」

あたしは、一字ずつ口の中でかみしめた。よくかんで言葉の意味を味わった後、胸《むね》いっぱいに息を吸《す》いこむ。

歌おう。胸《むね》を張《は》って、大きな声で歌い続けよう。スズメが再《ふたた》び戻《もど》ってくる日まで。

春間美幸（はるま　みゆき）

神奈川県生まれ。第55回講談社児童文学新人賞に佳作入選した『それぞれの名前』でデビュー。著書に『どうくつをこねる糸川くん』『ぼくのジユウな字』『ジークの睡眠相談所』（いずれも講談社）があるほか、『YA!　アンソロジー　約束』（講談社）、『タイムストーリー　1日の物語』（偕成社）に作品が収録されている。

ルヴニール　アンドロイドの歌

２０２０年10月26日　初版第1刷発行

著者……春間美幸
イラスト…長浜めぐみ
装丁……大岡喜直（next door design）
校閲……小学館出版クォリティーセンター　小学館クリエイティブ
制作……後藤直之
資材……斉藤陽子
宣伝……綾部千恵
販売……筆谷利佳子
編集……柏原順太

発行人……野村敦司
発行所……株式会社　小学館
〒１０１-８００１　東京都千代田区一ツ橋２-３-１
電話　編集　０３（３２３０）５６４０
　　　販売　０３（５２８１）３５５５

印刷所……萩原印刷株式会社
製本所……株式会社　若林製本工場

造本には十分注意しておりますが、印刷、製本など製造上の不備がございましたら「制作局コールセンター」（フリーダイヤル０１２０-３３６-３４０）にご連絡ください。
（電話受付は、土・日・祝休日を除く９：３０～１７：３０）

ISBN978-4-09-289304-7　©Miyuki Haruma 2020 Printed in Japan